Carla Pont

Mit Schaum hält´s besser!

Roman

Bibliografische Information der Deutschen Nationalbibliothek: Die Deutsche Nationalbibliothek verzeichnet diese Publikation in der Deutschen Nationalbibliografie; detaillierte bibliografische Daten sind im Internet über http://dnb.dnb.de abrufbar.

Herstellung und Verlag:
BoD – Books on Demand, Norderstedt

ISBN: 9783750462373

Für meinen treuen Begleiter

Hinweise:

Wenn bei Personennennungen nur die männliche Form gewählt wurde, so war dies nicht geschlechtsspezifisch gemeint. Es diente ausschließlich der besseren Lesbarkeit.

Dieser Roman basiert auf wahren Begebenheiten. Um die Persönlichkeitsrechte zu wahren, wurden sämtliche Namen geändert.

MICHAEL AN BORD

Ich werde ihn nie vergessen, diesen magischen Tag. Nach wochenlangem Warten, der schier unendlichen Vorfreude und den vielfachen Besuchen der örtlichen Tierbedarfsfachhandlungen, sehnte ich mich danach, unseren Familienzuwachs endlich zu uns zu holen. Alles war perfekt für unseren Welpen vorbereitet, der die kommenden Jahre unseres Lebens bereichern sollte. Die Kuschelecke war eingerichtet, niedlich aussehende Spielzeuge und Bestechungsleckerlis lagen parat. Die Dinge warteten buchstäblich darauf, zum Leben zu erwachen. Am Tage des Einzugs war ich unfassbar glücklich – und ich bin es noch heute!

Zwei Mal besuchten wir unseren kleinen Michael bei der Züchterin. Zunächst im Alter von zarten sieben Tagen und ein weiteres Mal nach sieben Wochen. Wir konnten von großem Glück sprechen, dass das Schicksal Michael und uns zusammenführen wollte. Schon Jahre im Voraus setzten wir uns intensiv damit auseinander, einen Hund aufzunehmen, nur warteten wir ständig auf den richtigen Augenblick, der uns aus privaten oder beruflichen Gründen stets verwehrt zu blieben schien.

An einem Frühjahrstag, ich genoss gerade die ersten warmen Sonnenstrahlen auf unserer Terrasse, traf es mich dann wie ein Blitz. Der perfekte Zeitpunkt war endlich gekommen. Hatten wir zu unseren Studentenzeiten noch mehrere Male den Wohnort gewechselt und waren nachts um die Häuser gezogen, war das Erwachsenenleben schnell zu einem geregelten und sesshaften Alltag übergegangen. Beruflich hatte sich alles zu einer Stetigkeit eingependelt und sogar ein Hund am Arbeitsplatz war nicht per se ausgeschlossen. Jetzt passte es einfach, jetzt oder nie. Über die Rasse waren wir uns schon längst einig geworden und so hatten wir uns für einen Deutschen Spitz entschieden.

Ich stieß auf Begeisterung, als ich meinen Mann über unser Vorhaben unterrichtete und so griffen wir noch am selben Tag zum Telefonhörer, um Kontakt zu Züchtern aus der Umgebung aufzunehmen. Und so gab bereits das dritte Gespräch Anlass zur Freude. Die ambitionierte Züchterin beantwortete geduldig all unsere Fragen und lud uns sogar zu sich ein, obgleich die Hündin gerade erst trächtig zu sein schien. Der Einladung kamen wir dankend nach und so ließen sich auch unsere letzten Wünsche klären. Unser Gefühl riet uns zu einem Rüden und tatsächlich berichtete die Frau, bislang nur in Kontakt zu Interessenten für die weiblichen Vertreterinnen zu stehen. Unsere Chancen, einen kleinen Rüden am Ende wirklich adoptieren zu können, standen also gut. Noch wusste aber niemand, ob denn wirklich ein kleiner Junge das Licht der Welt erblicken würde und so hieß es warten, hoffen und wieder warten.

Eines Morgens, ich war gerade auf dem Weg zur Arbeit und saß im Zug, vibrierte mein Mobiltelefon. Ich öffnete die Nachricht und erblickte ein Foto mit kleinen, gerade geborenen Welpen. »Herzlichen Glückwunsch! Euer kleiner Mann hat als Erster das Licht der Welt erblickt und ist wohlauf«, hieß es in der Nachricht.

Ich schrie vor Freude auf und die Menschen um mich herum drehten mir verwundert ihre Köpfe zu. »Es tut mir leid«, bedauerte ich lachend, »aber ich habe gerade eine ganz wundervolle Nachricht erhalten!« Nun waren wir unserem Traum schon nah und doch ganze zwölf Wochen entfernt.

Während die Welpen mit sieben Tagen noch geschlossene Augen haben und am liebsten rund um die Uhr schlafen oder Muttermilch trinken, waren die Jungen mit acht Wochen schon wesentlich aktiver. Es war wundervoll diese kleinen quirligen Wollknäule zu beobachten und ihnen dabei zuzusehen, wie sie die Welt noch etwas tapsig und unbeholfen zu entdecken begannen.

Erstaunt fragte ich die nette Züchterin, warum ich denn nur vier Welpen zählte, beim vergangenen Besuch waren es doch noch fünf gewesen! Sie lachte und teilte uns mit, dass unser kleiner Mann anscheinend keine Lust auf Trubel und Unruhe habe, weshalb er sich gerne unter dem Sofa verstecke. Sobald er aber Hunger verspüre, würde er schon hervorgekrochen kommen, sodass wir ihn näher kennenlernen konnten.

Zwar mussten wir uns ein wenig gedulden, aber nachdem wir alle Geschwistertiere ausgiebig geknuddelt hatten, kam auch endlich ein kleiner, verschlafener Rüde zum Vorschein. In Seelenruhe tapste er an uns vorbei und steuerte zielstrebig das Muttertier an, denn es war wohl wieder an der Zeit, sich den Bauch vollzuschlagen. Zu dumm, dass die Hündin die Welpen schon abgesetzt hatte und der kleine Rüde sich nun auch noch Schelte einfing. Stattdessen stellte die Züchterin den kleinen Wonneproppen ein wenig Frischfleisch zur Verfügung, was die Welpen dankend annahmen. Während wir dabei zusahen, wie sie gierig in den Näpfen nach begehrten Häppchen suchten und sich gegenseitig aus dem Weg schubsten, um ja das beste Stück zu erwischen, erkundigte sich die Züchterin danach, ob wir uns schon Gedanken über einen passenden Namen gemacht hatten.

»Das haben wir«, teilte ich grinsend mit, während mein Mann nur die Hände vor dem Gesicht zusammenschlug und lachte.

»Mein Mann besaß in Kindheitstagen ein Plüschtier, das er über alles liebte. Genauer gesagt, handelte es sich um einen Plüschhund namens Michael. Als mein Mann fünf Jahre alt war, verlor er den Hund während eines Urlaubes in den Bergen Bayerns, wo die Familie gerade auf einer Wanderung unterwegs gewesen war. Mein Mann trauerte die gesamten Sommerferien über diesen Verlust, weshalb ich ihm nun einen kleinen Michael zurückschenken möchte«, beendete ich meine Geschichte.

Den Namen Michael finde die Züchterin entzückend versicherte sie uns und unsere Blicke wandten sich wieder den kleinen Hunden zu.

Michael schien nun gesättigt zu sein und so trottete er wieder in Richtung Sofa, um sich seiner mutmaßlich liebsten Beschäftigung des Schlafens zu widmen. In der Hoffnung, Michael würde sich neugierig zu mir gesellen, setzte ich mich schnell zu ihm auf den Boden. Als er meinen Annährungsversuch wahrnahm, hielt er kurz inne und dachte nach. So ganz verstand er es wohl nicht, warum in aller Welt ihm plötzlich eine Wildfremde den Weg versperrte. Alles was er wollte, war doch wieder zu seinem geliebten Schlafplatz unter die Couch zu gelangen. Ich legte mich ins Zeug, machte alberne Geräusche und versuchte ihn mit einem kleinen Trommelwirbel, den ich mit meinen Fingerspitzen auf dem Fußboden erzeugte, zu locken. Aber wie sagt man so schön: »Pustekuchen«.

Michael lief einen Bogen um mich herum und hätte mir wohl einen Vogel gezeigt, wenn er dazu imstande gewesen wäre. Denn während sich seine Geschwister nahezu überschlugen, um mir in meine Finger zu zwicken und meinen Schoß zu erklimmen, verkroch sich unser auserkorener Welpe eilig in seine Höhle. Jeder Laut, der seinen Schlaf der Gerechten störte, wurde eines empörten Blickes gewürdigt, um im Anschluss allenfalls ausgeblendet zu werden. Mein Mann, der selbst für sein Leben gerne schläft, lachte laut. »Das ist der perfekte Hund für uns!«, ließ er uns wissen.

Zum Glück hält sich Michaels Schlafdrang mittlerweile etwas mehr in Grenzen und so sucht er regelmäßig viel und enge Nähe zu uns. Damals hat mich seine Missgunst auf jeden Fall ein wenig verunsichert und so ließ ich meine mütterlichen Gefühle Michaels Schwestern zukommen. Meiner Vorfreude auf den kleinen Hund tat dies keinen Abbruch, denn ich war der Meinung, wir würden uns schon noch aneinander gewöhnen. Waren wir eben mit einem Charakterhund gesegnet, der von Geburt an seinen Dickschädel durchzusetzen wusste.

Als der große Tag näher rückte, wurde ich sehr nervös und konnte kaum schlafen. Vier unendlich lange Wochen waren seit unserem letzten Besuch vergangen und jede freie Minute hatte ich wie besessen auf mein Mobiltelefon gesehen, um bloß keine Neuigkeiten über den Zustand unseres Michaels zu verpassen. Und dann war es endlich so weit.

Wir erreichten das Haus der Züchterin zum verabredeten Zeitpunkt und klingelten an der Haustür. Die vielen Hunde der Züchterin polterten durch das Haus, bellten was das Zeug hielt. »Ein Einbrecher würde sich sicherlich nicht hierhin verirren«, schoss es mir durch den Kopf. Ein Deutscher Spitz ist und bleibt ein Wachhund.

Nachdem die Züchterin und ihr Hunderudel uns herzlich empfangen hatten, betraten wir den Wohnbereich, in welchem sich die Welpen in ihrem großzügigen Auslauf befanden. Noch waren sie zu jung, um Besuchsrituale einordnen zu können und weder das Schellen an der Hausklingel noch die lautstarke Begrüßung der erwachsenen Hunde ließen die Babys aufhorchen. Hatte man sich aber ihrem Auslauf genähert, explodierten die winzigen Wollknäule nahezu vor Freude. Zu meiner Erleichterung freuten sich alle fünf Welpen über unseren Besuch, sodass ich mir auch der Gunst unseres kleinen Michaels sicher sein konnte. Ich deutete auf den größten der Welpen und stellte erfreut fest: »Wie schön, dass auch unser kleiner Hund mittlerweile so beteiligt ist!«

Die Züchterin lachte und deutete indessen auf den kleinsten der Nachzucht.

»Darf ich vorstellen: dies ist euer kleiner Mann. Er ist der kleinste der Rasselbande.«

Ich lehnte mich über die Absperrung, um einen besseren Blick auf Michael zu ergattern und überzeugte mich selbst davon, dass es sich bei der klitzekleinen Fellkugel um unseren auserkorenen

Welpen handelte. Und tatsächlich war es Michael, den ich an der feinen Farbgebung um die Augenpartie herum und dem schelmischen Gesichtsausdruck erkannte. Auch mein Mann schaute genauer hin und lachte. »Er ist ja kaum einen Deut größer als noch vor vier Wochen«, sagte er und öffnete mit Erlaubnis der Züchterin das Tor des Auslaufs.

Eifrig stakste der zwergenhafte, verträumte und an einen Furby erinnernde Michael umher und zu meiner Freude schließlich auf uns zu – um dann gleich wieder abzubiegen und es sich unter der Couch bequem zu machen. Die Geschwistermädchen vollzogen den gewohnten herzlichen Empfang, doch von Michael war wieder nichts zu sehen. Wenn ich heute daran zurückdenke, muss ich schmunzeln. Jedes Tier hat einen Charakter, der den Grundstein einer Beziehung darstellt. Und so ist Michael bis heute eigenwillig und manchmal auch ein wenig störrisch. An dem Sprichwort »*Wie der Herr, so das Gescherr*« ist aber trotzdem etwas dran. Ansonsten wäre Michael heute nicht so ein liebevolles, kontaktfreudiges und lustiges Tier, das sich genauso entwickelt hat, wie wir uns das immer wünschten.

Nachdem wir einen ausgiebigen Plausch mit der Züchterin gehalten und den Hunden beim Herumtollen zugesehen hatten, wurde der langersehnte Augenblick endlich wahr. Michael wurde nun offiziell ein Teil unserer Familie. Doch ganz so einfach sollte er es uns nicht machen. Fünfzehn Minuten benötigten wir, um ihn unter dem Sofa hervor zu locken. Danach saßen wir aufgeregt mit ihm auf der Couch und ließen ein Erinnerungsfoto von uns Dreien anfertigen. Ich hielt den kleinen Welpen fest in meinem Arm, nahm den zierlichen, warmen Körper mit seinem weichen Haar wahr. Das Herzchen pochte stetig.

Die Hunde der Züchterin wuselten aufgeregt um uns herum. Sie spürten, dass eine Veränderung bevorstand und so stupsten sie uns mit ihren Nasen an, schnupperten an uns und dem kleinen Michael. So plötzlich, wie diese aufgeregte Stimmung entstanden war, so rapide änderte sie sich auch wieder. Sie war erfüllt von verschiedenen Gefühlen, die sich ineinander vermischten. Denn trotz der Freude, die wir empfanden, trennten wir den Welpen doch von seiner Familie und der gewohnten Umgebung. Man sollte das sehr ernst nehmen und zu schätzen wissen, denn es ist ein Geschenk, das ein Lebewesen uns mit auf den Weg gibt.

Während sich das Hunderudel von uns zurückzog, blieben die Elterntiere nahe und nahmen vorsichtig zu unserer linken und rechten Seite Platz. Der Trennungsschmerz war greifbar und mir lief eine Träne über die Wange bei dem Bild, das sich uns bot. Die Hunde stupsten Michael mehrfach an die Schnauze, beschnupperten ihn ausgiebig und leckten noch einmal über seine Wangen. Danach erteilten die Hunde uns diese

Sozialgeste, leckten auch unsere Wangen und Nasenspitzen. Es war ihr Einverständnis, dass wir nun Sorge für den mühsam aufgezogenen Nachwuchs tragen durften. Michael verstand noch nichts von emotionalen Momenten und so lag er wehrig in meinem Arm, sehnte sich offensichtlich wieder nach seinem Rückzugsort unter der Couch. Später sollte Michael zu einem außergewöhnlich feinfühligen und anhänglichen Hund heranwachsen, aber damals überwog noch der typische Egoismus eines jungen Geschöpfes.

Um den Abschied nicht noch schwerer zu machen, legten wir Michael in seine gemütlich hergerichtete Reisebox. Der Weg sollte uns nun vom schönen Baden-Württemberg in Michaels neues Heimatland Hessen führen.

Entgegen unserer Befürchtungen, Michael möge unterwegs dramatisch quieken und versuchen aus der Box auszubrechen, schlief er nahezu die gesamte Autofahrt über. Doch noch bevor wir die Autobahn verließen, erhob er sich auf alle Viere und erleichterte sich, zunächst noch munter, in seine Behausung. Der Frieden währte nicht lange, denn Michael war nach einigen Sekunden der Besinnung gar nicht mehr einverstanden mit seiner eigens produzierten »Pipi-Decke«. Und so jaulte der winzige Wonneproppen drauflos und verursachte in uns eine aufsteigende Panik. Wir hatten in der Vergangenheit schon viele Hunde in Obhut genommen, aber nie haben wir die Verantwortung für einen so kleinen, zarten Welpen getragen. Wir wussten damals nicht wie es ist, einen Welpen großzuziehen. Im Vergleich zu all den Herausforderungen, die noch auf uns warten würden, war es eine sehr einfache Aufgabe, die Decke aus der Box zu entfernen. Wir hielten zur Sicherheit trotzdem auf einem Rastplatz an, denn ich wollte die Box unter keinen Umständen bei 150 km/h auf Mitten der Autobahn öffnen. Nachdem wir die Schweißperlen von der Stirn gewischt hatten, setzten wir die Reise fort - mit dem kleinen Michael an Bord.

WILLKOMMEN IM NEUEN HEIM

Als ich Michael das erste Mal sein kleines Geschirr und seine Leine anlegte, war ich von dessen Anblick zutiefst entzückt. Ich setzte ihn behutsam auf den Betonboden des Bürgersteigs und versuchte die Zeit zu überbrücken, in der mein Mann einen Parkplatz suchte. Michael tapste drauf los wie eine kleine Nähmaschine. Auf diese Weise tapst er noch heute, aber ich bin so sehr daran gewöhnt, dass mir seine wunderbare Gangart nur noch selten auffällt.

Etwas unsicher, aber neugierig schaute Michael sich um und verschaffte sich zunächst einen Überblick der ihm fremden Umgebung. Plötzlich marschierte er entschlossen auf die Kante des Bordsteins zu und ohne zu überlegen, stürzte er sich wagemutig in die hinter dem Bürgersteig liegenden Tiefen. Er begutachtete die fremde graue Betondecke der Straße, nicht schlüssig, was er von dieser zu halten hatte. Ich konnte sehen, wie es in seinem kleinen Köpfchen ratterte, so still stand er da und ließ den neuen Eindruck auf sich wirken.

»Wo zum Teufel bin ich denn jetzt gelandet?!«, schienen seine Gedanken zu sein.

Fortan würde er diese Straße noch tausende Male passieren und als ob er es ahnte, wandte er sich nach einiger Zeit zunächst wieder unbeeindruckt der Bordsteinkante zu. Doch aus Michaels Perspektive muss diese innerhalb weniger Sekunden zu einem fiesen, riesigen Monster mutiert sein, denn in seinen Augen stand plötzlich die blanke Fassungslosigkeit. »Der war doch gerade noch nicht so hoch!«, hätte er wohl gerne gesagt.

Unter lautem Protest rannte er eilig vor der Bordsteinkante hin und her, sodass ich mich schnell zu ihm herunterbeugte und ihm half, die Hürde zu erklimmen. Er nahm meine Hilfe gerne an und schließlich lag es nicht in meinem Interesse, den jungen Hund gleich zu überfordern. Doch zu spät, denn nach diesem ersten Schreckerlebnis flitzte Michael wie wild in alle Richtungen, aufgeregt, ziellos und hilfebedürftig. Diese Art der Überreizung wollte ich unbedingt vermeiden und so war ich doch eigentlich nur darauf bedacht, dass Michael sich schnell lösen und dann die Wohnung betreten würde. Doch die Eindrücke der neuen Umgebung prasselten auf ihn ein und führten unweigerlich zu Hektik und Erregung. Also unternahm ich einen Versuch, ihn in seiner Not zu bremsen und seine Aufmerksamkeit auf mich zu lenken. Leider war ich zu diesem Zeitpunkt den Leinenzug eines Schäferhundes gewöhnt, den meine Schwester uns des Öfteren in

Obhut gab. So kam es, dass mein Ruck an der Leine zwar leichter, aber dennoch viel zu stark ausfiel und Michael sogleich einen Sprung durch die Luft machte. Was für ein Missgeschick! Nachdem er nun unmittelbar nach seiner Ankunft eine Achterbahnfahrt hinter sich hatte, hoffte ich, nicht gleich Minuspunkte bei ihm gesammelt zu haben. Um weitere Eskapaden zu vermeiden, nahm ich den kleinen Welpen vorsichtshalber auf den Arm und setzte ihn einige Meter weiter auf eine Grünfläche, damit er schnell sein Geschäft erledigen und ich ihm seine neuen vier Wände präsentieren konnte. Aber Michael schaute mich nur fragend an und verstand nicht, was ich denn jetzt schon wieder von ihm verlangte.

Ich kapitulierte nach einigen Minuten und trug Michael zurück zum Haus bis vor die Wohnungstür, denn auch die drei Stufen, die in unserem Hausflur zu unserer Wohnung führen, sollten in den kommenden Wochen noch eine physisch ernst zu nehmende Barriere für Michael darstellen.

Als mein Mann endlich eintraf, öffneten wir die Wohnungstür und befreiten Michael von der Leine und dem Geschirr, damit er sein neues Heim erkunden konnte. Wie ein kleiner Flitzebogen schoss er los, völlig begeistert und neugierig, was denn nun auf ihn zukommen würde. Der Indoorbereich schien ihm offensichtlich besser zu gefallen als die unbekannte Stadtweite vor der Haustür.

Im Flur stoppte er abrupt und wandte sich erschrocken dem kleinen Wuschel zu, der ihn gleichermaßen verstohlen ansah. Ein intensiver Blick in den Spiegel verriet ihm schnell, dass dieses geruchslose und beim Abtasten sehr flache Etwas nicht wirklich real war. Und schon setzte Michael seine Erkundungstour fort, schnupperte in allen Ecken und fand schließlich einen Socken, den er freudig umherwirbelte. Ich rannte begeistert hinter unserem neuen Begleiter im Miniformat her, um ja keinen dieser magischen Momente zu verpassen.

»Hol schnell deine gute Kamera!«, riet mir mein Mann und ich eilte sogleich los. Als ich gerade alle notwendigen Einstellungen an der Kamera vorgenommen hatte und ein Foto schießen wollte, fing Michael plötzlich an sich zügig um seiner selbst zu drehen. Wir ahnten bereits was nun folgen würde und in der Tat entschied Michael sich dazu, ein kleines Überraschungsei neben Herrchens Bettseite zu platzieren. Was für ein Willkommensgruß!

Wenn ich heute an diesen ersten Tag zurückdenke, muss ich über unsere Ratlosigkeit lachen. Permanent betrachteten wir den kleinen Welpen und versuchten zu erraten, was dieser benötigen könnte, um glücklich zu sein. Braucht er Schlaf? Hat er Hunger? Vielleicht möchte er spielen? Als frischgebackene Besitzer eines Welpen stellen dies durchaus berechtigte Fragestellungen dar. Heute würde ich die Situation sicherlich entspannter sehen und mir nur halb so viele Gedanken über den Gemütszustand meines Welpen machen. Aber damals zermürbte ich mir unentwegt den Kopf. Wie passend, dass wir den Gipfel unserer Rat- und Hilflosigkeit sogleich in der ersten gemeinsamen Nacht erreichen durften.

Es gibt Menschen, die erzählen, dass der Neuankömmling von Beginn an seelenruhig und friedlich die erste Nacht in seinem neuen Körbchen verbrachte und sich keinerlei Anzeichen für eine gewisse Nervosität oder Fremdheit feststellen ließen. Ich war der Meinung, für ein derartiges Szenario bestens ausgestattet zu sein. Die Welpenbox stand schon kurz nach seiner Geburt im Gehege seiner Geburtsstätte, damit Michael sich mit dieser vertraut machen konnte. Wir statteten die Box noch bei der Züchterin mit zwei T-Shirts aus, die wir zuvor getragen hatten. Auf diese Weise, so sagt man, gewöhnt sich der Hund schon früh an den Geruch der zukünftigen Besitzer und die Eingewöhnung im neuen Zuhause fällt entsprechend leichter. Der mobile Schlafplatz schlug in der Theorie also zwei Fliegen mit einer Klappe. Michael schien von gut durchdachten Theorien tendenziell wenig zu halten und so wich die praktische Umsetzung vehement vom Plan ab. War der Hund am Tag noch offenherzig und zutraulich gewesen, stieg ihm des Nachts ein wütender Trennungs-Dämon zu Kopfe.

Als wir zu Bett gingen, stellten wir die Box neben unser Bett. Wir unterhielten uns noch eine Weile und Michael fielen vor Erschöpfung die Augen zu. Leise stellten wir das Licht aus und beglückwünschten uns zu unserem putzigen Zuwachs, der die Trennung zu seiner Familie so vorbildlich zu meistern schien. Kaum aber kamen wir zur Ruhe, begann Michael jämmerlich zu wimmern. Zunächst ganz leise, doch innerhalb weniger Minuten entwickelte sich aus dem leisen Weinen ein anhaltend lautes Kreischen. Ich hatte nicht erwartet, dass aus einem solch kleinen Tier ein derart durchdringendes Geräusch schrillen konnte. Ich hatte ebenso nicht damit gerechnet, dass ein Hund überhaupt schreien kann. Es war davon auszugehen, dass die Gläser in den Schränken bersten würden und ich fragte mich allmählich, was wohl unsere Nachbarn denken mochten, die von dem Zuwachs zuweilen noch nichts mitbekommen hatten. Es war erbärmlich und herzzerreißend. Je weiter die Nacht voranschritt, desto öfter wechselten sich wütende Schreie und markerschütterndes Gejammer ab.

Ich stellte mir vor, wie Michael sich wohl fühlen mochte. Von der Familie entrissen, ohne Mama und Papa, ohne Geschwister und ohne alles, was er bis zum damaligen Zeitpunkt gekannt hatte.

Hätte man diesen Augenblick aus der Vogelperspektive gefilmt, hätte man sehen können, wie mein Mann und ich mit weit aufgerissenen Augen in unseren Betthälften lagen und die Decke anstarrten. Ratlos und zutiefst erschüttert.

Unsere Züchterin hatte uns vor diesem Moment gewarnt und erklärt, dem Welpen tunlichst keine Aufmerksamkeit zukommen zu lassen. Ein Trösten könne unter Umständen eine ungeliebte Konditionierung herstellen, indem der Hund lerne, man reagiere bestärkend auf das Gejammere. Wie schön, dass wir nun auch noch unseren Verstand ausschalten mussten, denn ein Leben lang handeln wir genau andersherum. Wenn Menschen traurig oder ängstlich sind, dann trösten und bemuttern wir sie. Bei Hunden, die viel instinktiver handeln als wir, funktioniert dieses Miteinander nicht. Wer Hundemütter schonmal bei der Aufzucht ihrer Welpen beobachtet hat, war vielleicht erschrocken über die rabiate Art, mit der sie ihre Nachkömmlinge maßregeln. Die Tiere haben dafür den Vorteil, sich klar am Verhalten der Mutter orientieren zu können und fair in ihre Schranken gewiesen zu werden.

In dieser besagten Nacht beschäftigte ich mich innerlich intensiv mit diesen Gedankengängen und versuchte mich selbst zu beruhigen. Alle hielten wacker durch. Michael, mein Mann und ich. In guten, wie in schlechten Zeiten heißt es ja.

Das Schauspiel mitsamt seinem ohrenbetäubenden Lärm wiederholte sich noch weitere drei Nächte. Aber das Kreischen und Jammern wurde leiser und leiser und die Attacken kürzer und kürzer. Und in der vierten Nacht war es dann still. Da

wurde uns klar, dass die erste große Hürde ge-
meistert war und wir nun langsam, aber sicher zu
einem Team zusammenwachsen würden.

Willkommen im neuen Heim kleiner Michael.

VERTRAU MIR JETZT

Es war gar nicht so einfach, sich das Vertrauen des jungen Hundes zu erarbeiten. Das musste ich besonders am eigenen Leib erfahren, als ich plante, Michael das erste Mal auszuführen. Wenn man einen bereits jugendlichen oder erwachsenen Hund bei sich aufnimmt, sind vier Dinge in der Regel klar. Der Hund möchte spazieren gehen, fressen, schlafen und spielen. Nicht jeder Hund verlangt in gleichem Maße nach diesen Dingen. Michael aber war ja schließlich noch ein Baby, sodass ich schnell lernen musste, umzudenken.

Am Tage nach der Ankunft legte ich Michael voller Vorfreude sein Geschirr an, um eine kurze Runde um den Block zu gehen und ihm seine neue Umgebung vorzustellen. Der Gedanke, Michael mit der Nachbarschaft bekannt zu machen, erfüllte mich mit Stolz. Enthusiastisch verließ ich das Haus, zunächst ohne zu bemerken, dass unser Welpe ganz andere Pläne verfolgte. Draußen angekommen, entfernten wir uns einen guten Meter von der Haustür, als Michael sich unvermittelt auf seinen kleinen Popo fallen ließ und mir einen irritierten Blick zuwarf. Das verstand ich nicht. »Na komm, mein kleiner Hund!«, säuselte ich ihm entgegen, aber Michael blickte auf den Boden und ignorierte mich.

Ich versuchte ihn mit meiner lieblichsten Stimme zum Laufen zu animieren, hockte mich auf den Bürgersteig und gab lustige Geräusche von mir. Ich klopfte mit meinen Fingern auf den Betonboden und wollte lieber nicht wissen, was zuvor alles auf diesen Steinen gelegen hatte. Doch Michael gähnte in einer Tour, jammerte und signalisierte deutlich, dass ihm das alles zu viel war. Wie konnte ein Hund bloß einen Spaziergang verweigern? Ich war empört und führte Michael nach etlichen Versuchen der Überzeugung wieder in Richtung Haustür. Sofort sprang er auf und purzelte ungeduldig in die Wohnung. Nichts wollte er lieber, als der wuseligen Gegend jenseits der Haustür zu entkommen, wo Menschen zu Fuß, auf dem Fahrrad oder im Auto für Unruhe sorgten. Ich war wahnsinnig enttäuscht.

»Er vertraut mir nicht!«, empörte ich mich meinem Mann gegenüber warf Michael einen beleidigten Blick zu.

Mein Mann bringt zum Glück mehr Geduld als ich auf und besänftigte mich. Natürlich vertraue er mir noch nicht, er sei schließlich erst seit sechzehn Stunden bei uns.

Doch auch nach einer Woche wollte Michael noch immer keinen Schritt vor die Tür setzen. Vielmehr beschäftigte er sich ausgiebig mit allem und jedem in unserer kleinen Wohnung. Er erkundete die gleichen Stellen in unserem Garten täglich aufs Neue, inspizierte jeden einzelnen Gegenstand, der ihm vor die Nase kam, immer und immer wieder. Holten wir den Staubsauger hervor, beschnupperte Michael ihn von allen Ecken und Enden. Wehe, wir stellten ihn an, bevor er seine Inspektion beendet hatte! Dann bellte er und attackierte das Gerät. Hatte er seine Begutachtung beendet, ignorierte er ihn.

So ein Verhalten hatte ich zuvor noch nie bei einem Hund beobachtet. Unsere Tierarztbesuche sind bis heute Begegnungen der besonderen Art. Holt der Tierarzt die Spritze und den Impfstoff hervor, können wir uns alle auf eine fünfminütige Inspektion der fremden Objekte einstellen. Nichts darf dem zarten Körperchen ohne Genehmigung zu nahekommen. Die Spritze ist Michael zwar nicht geheuer, aber wenn der nette Onkel ihm das Ding so geduldig vor die Nase hält, muss sie ja in Ordnung sein. Und da kommt auch schon die lustige Frau vom Tresen, die kleine Snacks auf dem Behandlungstisch verteilt. Vor lauter Freude lässt Michael dann alles über sich ergehen und merkt in der Regel nicht einmal, dass er gerade gepiekt wurde. Er findet unseren Tierarzt herrlich und führt in der Stadt einen Freudentanz auf, noch lange bevor mein Mann und ich den Arzt gesehen und erkannt haben.

Während Michael in den ersten Wochen weiterhin jegliche Aktivität im Freien verpönte, musste ich uns anderweitige Beschäftigungsmöglichkeiten suchen. Und da früh sich bekanntlich übt, machte ich mich an das Training der Grundkommandos.

Ich begann mit dem Kommando Sitz und überlegte, wie ich Michael signalisieren konnte, was ich mir von ihm wünschte. Ich ging einen kleinen, aber entschlossenen Schritt auf ihn zu und hatte kaum das Wort »Sitz« ausgesprochen, als Michael auch schon saß. Das musste ein Zufall gewesen sein und ich probierte es gleich noch einmal. Er saß wieder. Ich führte zur Sicherheit eine Kontrollwiederholung durch, dieses Mal nur mit einer Handbewegung und ohne meinen Körper einzusetzen. Michael saß wie eine Eins.

»Schatz, Michael ist hochintelligent!«, kreischte ich voller Stolz und bat meinen Mann, sich selbst von dem Fortschritt zu überzeugen.

Und wieder setzte Michael sich hin, als hätte er nie etwas anderes getan. Wir beide waren sehr erfreut über die Lernwilligkeit unseres Welpen, aber nur eine war davon überzeugt, einen hochintelligenten Hund zu trainieren.

Im Laufe unserer Trainingseinheiten stellte ich fest, dass Michael tatsächlich sehr aufnahmefähig war und Kommandos schnell umzusetzen verstand. Leider war er ebenso schnell gelangweilt und hielt irgendwann einfach inne. Keine Aktivität konnte aufregend genug sein, als dass Michael sich dauerhaft dafür hätte begeistern können. Nur seine Kuscheltiere, die er wie wild durch die Luft schleuderte, schüttelte und permanent anschleppte, liebte er andauernd heiß und innig. So ist das noch heute.

Jenseits unserer Indoor-Aktivitäten lässt sich erahnen, dass Michael den Schritt in die große weite Welt irgendwann gehen konnte. Ansonsten führten wir wohl das einseitigste Leben aller Zeiten. Bis wir so weit waren, vollzogen wir einen wochenlangen Eiertanz. Ständig zermarterte ich mir den Kopf, wann es soweit sein könnte und woran ich erkennen würde, dass Michael einen Tapetenwechsel erwünschte. Ich zog meinen Ratgeber für die Welpenerziehung heran, in welchem immer wieder auf Geduld plädiert wurde. Die vielen neuen Eindrücke lasten das junge Tier mental aus und so könne es manchmal Tage oder Wochen dauern, bis der Hund seinen ersten Spaziergang genieße und die Neugier auf weitere Abenteuer überwiegen würde.

Dieser lang ersehnte Moment ließ in unserem Fall ganze vier Wochen auf sich warten. Ich zog mir gerade meine Schuhe an, um einkaufen zu gehen, als Michael plötzlich freudestrahlend an der Haustür stand. Ich wollte an ihm vorbei und zur Tür hinaus gehen, aber er hüpfte immer wieder vor meinen Füßen hin und her. Zögerlich griff ich nach seinem Geschirr und beobachtete, wie Michael sich verhielt. Zwei kugelrunde Augen blickten mich erwartungsvoll an, der Tatendrang stand

Michael ins Gesicht geschrieben. Endlich war es so weit, endlich konnten wir gemeinsam das Haus verlassen und die Welt dort draußen unsicher machen. Ich ließ die Einkaufstaschen fallen und stieß einen Freudenschrei aus.

»Wir können spazieren gehen!«, rief ich laut nach meinem Mann, der etwas ungläubig den Flur betrat. Michael blieb hartnäckig und schnupperte aufgeregt an seiner Leine. Sofort war auch mein Mann bereit, alles stehen und liegen zu lassen. Wir verließen zu Dritt das Haus und genossen jeden Schritt, den wir gemeinsam gingen. Es war ein wundervoller Tag und zum Glück einer von ganz vielen, die wir miteinander verbringen können.

Wenn ich in Erinnerungen schwelge und an die ersten gemeinsamen Tage und Wochen denke, komme ich immer wieder gern auf eine besondere Geschichte zurück. Voller Stolz erzählte ich in unserem Bekanntenkreis, unser Hund sei im Grunde schon nach einer Woche stubenrein gewesen. Andere Welpeneltern müssen ihren Vierbeiner nachts schlaftrunken in den Garten lassen, damit dieser sein Geschäft verrichten kann? Wir nicht! Die frischgebackenen Besitzer der Geschwistertiere, mit denen wir über das Internet Kontakt hielten, beklagten sich noch nach drei Wochen über die nächtlichen Ausflüge. Wieder und wieder berichtete ich, dass unser Welpe anscheinend ein kleines Wunder darstelle, denn er schliefe des Nachts wie ein Profi.

Eines Tages, mein Mann und ich unterhielten uns gerade mit einer Nachbarin, gab ich wiederholt zum Besten, wie wunderbar stubenrein unser kleiner Welpe doch sei. Na klar, ein paar Ausrutscher am Tage gäbe es schon, denn Welpen lösen sich schließlich gerne nach jeder Aktivität. Aber insgesamt sei er so gut wie stubenrein.

Mein Mann warf mir einen schiefen Blick zu und schüttelte vehement den Kopf. Völlig entrüstet fragte er mich, ob ich überhaupt mitbekäme, wie er jede Nacht mit dem Hund in den Garten gehe. Und nicht nur das! Unser Hund war sich auch noch zu fein sein Geschäft im eigenen Garten zu verrichten! Grundsätzlich löste er sich erst, wenn er den dahinterliegenden Gemeinschaftsgarten erreichte und auch dann nur, wenn er sich in die hinterste Ecke, weit weg vom eigenen Nest, verkriechen konnte. Eine schöne und für urtypische Hunde gesunde Eigenart, die Michael im Übrigen bis heute pflegt. Da ich selbst stets einen sehr festen Schlaf vollziehe und erst erwache, wenn eine Horde Elefanten meinen Schlafplatz passiert, war ich mir also nie bewusst, was mein Mann des Nachts alles so erleben musste. Den Welpen begleiten, im Dunkeln die Häutchen aufspüren und beseitigen. Unsere Nachbarin vergnügte sich köstlich.

Die Quittung erhielt ich kurze Zeit darauf. Mein Mann kündigte an, dienstlich verreisen zu müssen, sodass Michael und ich eine Nacht auf uns allein gestellt sein würden. Wir witzelten schon Abende zuvor darüber, dass Michael sicher verschämt eine Pfütze im Schlafzimmer hinterlassen würde, da meine mütterlichen Hormone und somit die Fähigkeit inmitten der Nacht aufzuwachen, noch immer nicht in Gang waren. Mein Mann riet mir, einen Wecker zu stellen und bot mir sogar an, mich um drei Uhr in der Früh per Telefon an meine Aufgabe zu erinnern. Das war doch lächerlich! Als Alleinverantwortliche würde sich mein Schlafzyklus schon darauf einstellen, den kleinen Michael standesgemäß zu versorgen.

Dann schritt die besagte Nacht heran. Michael legte sich brav in sein Körbchen und wartete auf das allabendliche Gute-Nacht-Kuscheln. Ich kam nicht umhin, ihn darum zu bitten, in dieser Nacht bitte kein Geschäft verrichten zu müssen. Eine Antwort bekam ich nicht.

Als ich Stunden später erwachte, war aus Michaels Winseln bereits ein lautes Bellen geworden. Na großartig, er wollte sich also nicht an unseren Plan halten. Ich tastete nach dem Lichtschalter und musste mich erst einmal sammeln. So müde war ich Jahre nicht gewesen! Michael lief aufgeregt hin und her, bellte. Meine Muskeln waren noch so erschöpft und meine Augenlider so schwer, dass ich ihn darum bat, sich noch einen Augenblick zu gedulden. Und so verstummte er schließlich. Die Zeit verging wie im Traum und vielleicht war es auch einer. Denn als ich endlich bei klarem Verstand war und aus dem Bett schnellte, hatte Michael mir bereits eine eindeutige Botschaft hinterlassen und dies unmittelbar vor der Tür, welche sich auch noch in Richtung des Zimmers öffnete. Verflixt, was sollte ich nur tun? Während ich fieberhaft überlegte, wie ich diese Stinkebombe loswerden konnte, warf Michael mir einen fiesen Blick zu.

»Ja, ich weiß, dass ich selbst schuld bin. Mache ich dir etwa einen Vorwurf?«, pflaumte ich Michael an. Der drehte sich beleidigt weg und machte es sich in seiner Kuschelecke bequem.

Verdammt! Ich zog die Jalousien hoch und öffnete das Fenster. Wir wohnen zwar im Erdgeschoss, aber auf einem Berg. Dementsprechend ist ausgerechnet das Schlafzimmerfenster das am höchsten gelegene der ganzen Wohnung. Es half nichts, ich musste springen. Wie der letzte Depp kroch ich unbeholfen aus dem Fenster und quetschte mir an der Fensterbank eine Hautfalte ein. Ich hoffte, dass mich niemand sah und als meine Zehenspitzen endlich den Bürgersteig erreichten und ich festen Boden unter den Füßen spürte, huschte ich schleunig um das Haus herum in den Garten. Mit Erleichterung stellte ich fest, dass unser dort deponierter Wohnungsschlüssel noch immer an seinem Platz lag. Nun rannte ich erneut den Weg entlang und hoffte nebenbei, dass nicht auch noch ein Einbrecher die Gunst der

Stunde nutzte und sich an dem weit geöffneten Schlafzimmerfenster zu schaffen machen würde.

Bevor ich auf die Straße bog, warf ich einen verstohlenen Blick die Straße herauf und herunter, wobei ich mir ziemlich verschlagen vorkam. In meinem Aufzug hatte ich beabsichtigt, möglichst nicht gesehen zu werden. Die Luft war rein und in der Wohnung angekommen beeilte ich mich, als ich ein paar Putzutensilien zusammen suchte, um zum Schlafzimmerfenster zurück zu laufen. Mit Schwung warf ich die Sachen ins Zimmer, woraufhin Michael zu bellen anfing. Mittlerweile hätte es mich nicht weiter gewundert, wenn die ersten Nachbarn die Polizei gerufen hätten.

»Hören Sie, eine unbeholfene, sehr unsportliche Person versucht seit Minuten ein offenstehendes Fenster im Erdgeschoss zu erklimmen. Sie warf bislang unbekannte Objekte ins Wohnungsinnere. Wenn Sie sich beeilen, erwischen Sie sie noch am Fuß!«

Hätte ich doch bloß das Angebot meines Mannes angenommen, mich telefonisch wecken zu lassen und vor diesem Fiasko bewahrt zu bleiben.

Erst Monate später konnte ich über dieses Vorkommnis lachen. Stolz habe ich immer bei dem Gedanken empfunden, dass ich es geschafft habe, durch das Fenster zu klettern.

GROßVATERS ZEICHEN

Manche Menschen in unserem weiteren Umfeld kommen mit dem Gedanken nicht zurecht, dass wir uns für einen Deutschen Spitz entschieden haben. Vorwiegend sind es uns Fremde, die dies immer wieder zum Ausdruck bringen. Wenn ich eines in den vergangenen Jahren kennengelernt habe, dann ist es die teils unverfrorene und völlig verständnislose Kritik meiner Mitmenschen mir und meinem Hund gegenüber. Der Deutsche Spitz ist und bleibt in vielen Köpfen weitreichend unbeliebt, ein bissiges Monster, ein Wolf im Schafspelz. Auch wenn mir dies immer wieder gesagt wird, finden viele Menschen Michael aller Vorurteile zum Trotz trotzdem hinreißend, sodass ich mir schon oft genug gewünscht habe, sie würden den Moment einfach genießen und dabei ihr Mitteilungsbedürfnis unter Kontrolle halten.

Michael, mein kleiner orangener Spitz, hat eine lange, freiatmende Nase und große, kugelrunde Augen, die nicht zu weit herausstehen, sondern gerade recht sind. Seine spitzen Ohren verleihen ihm den kecken und wachsamen Gesichtsausdruck eines Spitzes. Sein Fell ist flauschig, aber es lässt seine Taille nicht missen. Ein negatives Zuchtmerkmal, wie mir einst ein Spitzexperte auf einer Hundemesse aufgeregt mitteilte. Aber ich finde es gut, dass man unter der insgesamt doch beachtlichen Haarpracht noch einen kleinen und geformten Körper erblicken kann. Seine Ringelrute wackelt schnell hin und her, wenn er sich freut. Bei Besuchern explodiert er quasi vor Freude, was sich an seinem insgesamt wackelnden Hundekörper mühelos erkennen lässt. Entgegen des Vorurteils, ein Spitz sei falsch und bissig, liebt Michael alle Menschen bis zum Himmel und zurück. Und alle Lebewesen, die es sonst noch auf dieser Erde gibt. Leider hat sich die Rasse aber nie ganz von den Nachreden erholt, sodass der Groß- und Mittelspitz schon lange als »extrem gefährdete« und »stark gefährdete« deutsche Nutztierrasse in Deutschland eingestuft wird. Dabei ist das Zusammenleben mit einem Spitz so wundervoll. Er liebt seine Familie, ist ihr lebenslang treu ergeben.

Mein Großvater väterlicherseits führte neben seiner Beamtenlaufbahn, die er sich nach dem Zweiten Weltkrieg mühsam erarbeitete, einen Landwirtschaftsbetrieb. Er kümmerte sich nie selbst um die Anschaffung eines Hundes, dafür war er viel zu beschäftigt. »Jedes Vieh muss gepflegt und gehegt werden. Es ist ein Geben und Nehmen«, pflegte er stets zu sagen, wenn er von seinem störrischen Kaltbluthengst, seinen widerspenstigen Hühnern und lustigen Enten erzählte.

Auch wenn er die Tierhaltung stets pragmatisch sah, so hatte er immer ein großes Herz für Tiere. Als er Michael kennenlernte, taufte er ihn auf den Namen »Möppi«. Dies war seine Art, dem »Vieh« seine Gunst zu signalisieren. Für Deutsche Spitze hatte mein Großvater einen besonderen Platz im Herzen reserviert. Während er mehrere Hofhunde sein Eigen genannt hatte, geriet er bei Erzählungen über die Deutsche Großspitzdame »Heidi« besonders in Schwärmen.

Ein befreundeter Bauer fasste eines Tages den Entschluss, vom Land in die Stadt zu ziehen. Zu damaliger Zeit hielt kaum jemand einen Hund in der Stadt, sodass er meinen Großvater fragte, ob er die Hundedame bei sich aufnehmen würde. Dieser war der Hündin nicht abgeneigt, hatte doch der eigene Hofhund gerade abgelebt.

Am Tage der Übergabe erklärte der Mann, die Hündin sei äußert treu und ergeben, dies aber nicht vom ersten Tag an. Sobald sie ihn als neues Herrchen akzeptieren und lieben würde, bringe sie ihm einen Gegenstand. Einige Monate später verlor die Hündin nahezu einen Zahn, bei dem Versuch, meinem Großvater einen Backsteinziegel schenken zu wollen.

Ich war von der Begeisterung, mit welcher mein Großvater die Geschichte stets wiedergab, immer so bewegt, dass ich mir schon als Kind vorstellen konnte, eines Tages einen Spitz an meiner Seite zu haben. Als erwachsene Person kamen weitere Erwägungen hinzu, die jeder angehende Hundebesitzer vor der Anschaffung eines Hundes individuell und nach seinen Wünschen und Lebensumständen treffen sollte. Deswegen finde ich es immer besonders schade, verbalen Attacken ausgesetzt zu sein, die meine Entscheidung bezüglich des kleinen Michaels betreffen. Aber es stellt eine gute Gelegenheit dar, die Missgunst anderer auszublenden. Ich bin grundsätzlich der Meinung, jeder Hund hat seine Daseinsberechtigung. Es ist mir egal, ob jemand einen Welpen adoptiert und nach bestimmten Rassemerkmalen Ausschau hält, solange die Züchtung gesund und verantwortungsvoll geschieht. Es ist ebenso gut, wenn einem Tierheim- oder Straßenhund ein geborgenes und liebevolles Zuhause geboten wird. Wichtig ist doch stets das Motiv, das hinter der Entscheidung steht.

Wir suchten nach einem Hund von mittlerer Größe und genügsamen Wesen. Gesund sollte er sein und möglichst keine Erbkrankheiten aufweisen. Da unsere Wohnung recht beengt war, wünschte ich mir eine Rasse, die wenig haart und zudem geruchsarm ist. Ich hatte den Plan, meinen Hund mit zur Arbeit zu nehmen und möglicherweise als Begleithund auszubilden – an dieser Stelle vielen Dank an meine ehemalige Chefin, die mir immer Vertrauen entgegenbrachte und an den Mehrwert eines Hundes am Arbeitsplatz glaubte! Und als seien das noch nicht genügend Kriterien, wünschte ich mir zudem einen Hund, der wenig bis gar keinen Jagdtrieb vorweisen würde. Kinderlieb und treu sollte er sein und sich zudem an alle Familienmitglieder gleichermaßen binden. Ein Einmannhund käme für mich nie in Frage. Irgendein Gefühl riet mir, einen Rüden aufzunehmen, obwohl ich auch viele großartige Hündinnen kenne.

Ich dachte schon, dass es einen solchen Hund gar nicht gebe und ich an der ein oder anderen Stelle vielleicht Abstriche machen müsste. Da fand ich online eine Plattform, auf der man testen konnte, welche Hunderasse gut zum Lebensstil passen würde. Ohne große Illusionen, kreuzte ich alle Antworten gewissenhaft an und wartete gespannt auf das Ergebnis. Zu meinem Erfreuen wurde mir an erster Stelle der Deutsche Spitz angezeigt. Mit der Vorgeschichte meines Großvaters verstand ich dies als besonderes Zeichen.

Oft werde ich gefragt, ob man Michael nicht unendlich häufig bürsten, waschen und pflegen müsse. Manchmal lassen andere Hundebesitzer auch beiläufig, aber nicht ohne Unterton, Sätze fallen wie »So viel Fell, das ist ja auch aufwendig« oder »Der ist ja gebürstet!«

Ja, ich gebe es zu. Ich bürste und pflege meinen Langhaarhund.

Eines Tages, ich ging mit Michael eine Runde im Stadtpark spazieren, kam plötzlich ein noch kleinerer Zwergspitz angepest. Die Besitzerin war ganz angetan, weil die beiden miteinander rannten und spielten. Sie erzählte, dass ihr Hund unter Ängsten litt und andere Artgenossen in der Regel mied. Michael, so war sie sich sicher, erkannte ihr Hund anscheinend als rasseverwandtes Familienmitglied wieder, da er sich sonst nur unter seinen Eltern- und Geschwistertieren so frei verhielt. Als die Hunde wieder näherkamen, begutachtete sie Michael verdutzt und fragte, warum er ein so gepflegtes Fell habe. Zunächst verstand ich nicht, was sie damit sagen wollte, doch dann schaute ich mir ihren Zwergspitz genauer an. Er war völlig verknotet und stumpf, das Fell war zudem vor einiger Zeit geschoren worden. Ich sagte ihr, dass ich unseren Hund wöchentlich kräftig bürste, woraufhin sie erwiderte, dass ihr der Aufwand zu hoch sei. Ich schaute mir noch einmal ihren Zwergspitz mit seiner Gesamtoberfläche von geschätzten zehn Quadratzentimetern an und dachte im Stillen, dass ein Kurzhaarhund in diesem Fall vielleicht passender gewesen wäre.

Übrigens ist die Schur des Spitzes dank des Internetlieblings »Boo« ein mittlerweile weit verbreitetes und fragwürdiges Phänomen. Den Zwerg- und Kleinspitzen, in Asien und den U.S.A. vor allem unter der Rassebezeichnung »Pomeranian« bekannt, wird das Haarkleid am Körper kurz geschoren und der Kopf wie ein

Teddybär zurechtgeschnitten. Vielen Menschen ist nicht bekannt, dass man damit die natürliche Klimaanlage, die das Haarkleid mit seiner dichten Unterwolle bietet, zerstört. Hitze und Kälte können nach einer Schur ungehindert auf die Haut dringen und häufig wächst das Fell nicht mehr so schön nach. Bei fünfunddreißig Grad Celsius im Schatten ist Michael nicht mehr an stundenlangen Ausflügen interessiert, was weniger an seiner Haarpracht liegt, als vielmehr an der stickigen Schwüle des deutschen Sommers, der wohl kaum ein Hund noch zu strotzen vermag. Jeden Sommer muss ich mich dennoch auf die harsche Kritik besorgter Mitmenschen gefasst machen, die mir »Tierquälerin« und ähnliche Dinge zurufen, wenn wir nach getaner Arbeit am Abend unsere obligatorische Runde drehen. Aber ich kann natürlich auch nicht verlangen, dass jeder Mensch von der Klimaanlage des Spitzhaares weiß und eigentlich meinen sie es mit dem Hund ja gut. So lasse ich die Vorkommnisse meistens auf sich beruhen und erkläre nur in seltenen Fällen, dass der Hund irgendwann sein Geschäft verrichten muss und wir bei der Hitze auch nur ein paar Minuten unterwegs seien. Und manchen Menschen erzähle ich sogar von der felligen Klimaanalage, obgleich sie mich meistens ansehen, als würde ich ihnen gerade einen großen Bären aufbinden und selbst sogar noch an diesen Mist glauben.

Die Fellpflege gestaltet sich beim Spitz insgesamt sehr einfach. Es reicht im Grunde völlig aus, ihn regelmäßig zu bürsten. Ein Spitz besitzt seidiges Deckhaar und viel Unterwolle, weshalb das oben aufliegende Haar auch in alle Richtungen absteht. Durch den fabelhaften Schutz der Unterwolle, besitzt der Spitz kaum Fette im Haarkleid, welches sich bei Kurzhaarhunden stärker bildet, um Kälte- und Hitzeeinfluss zu mindern. Wegen des geringen Fettanteils trägt der Spitz spärlich den typischen Hundegeruch an sich, weshalb ich guten Gewissens behaupten kann, dass weder unsere Wohnung noch unser Auto nach »Hund« riecht. Ganz im Gegenteil, riecht Michael besonders hinter seinen Ohren sogar gut und ich bin nicht die einzige, die ab und zu einen ganz tiefen Atemzug in dem weichen Fell nimmt.

Ein weiterer Vorteil der Haarbeschaffenheit ist ihre selbstreinigende Wirkung. Im trockenen Zustand rieselt der Schmutz von selbst heraus. Höchstens muss man mit ein wenig Bürsten nachhelfen. Wenn Michael unterwegs mal ein Schlammbad genommen hat, können wir ihn im Sommer draußen trocknen lassen und anschließend grob abbürsten – schon sieht er wieder aus wie neu!

Bei einem meiner Spaziergänge lernte ich eine sehr nette Hundefriseurin kennen, mit der ich mich schon oft über die Haarpflege der Vierbeiner ausgetauscht hatte. Ich erzählte ihr, dass ich häufig auf den übermäßigen Pflegeaufwand des Fells aufmerksam gemacht würde, obgleich ich dies nicht bejahen könne. Sie schüttelte den Kopf und bestätigte, dass Langhaarhunde mit viel Unterwolle sogar verhältnismäßig pflegeleicht seien. Wer den Hund zwischendurch immer wieder kräftig bürstet, hat sein Werk im Grunde schon vollbracht. Sie erklärte mir, dass dies bei einigen Hunderassen, die uns gemeinhin als antiallergen bekannt sind, anders aussehe. Viele Besitzer seien überrascht, wenn sie merken, dass das feine Haar sehr schnell verknotet und der Dreck haftet.

Es gibt Rassen, bei denen das Fell eigentlich nicht geschoren, sondern gezupft und getrimmt werden müsste. Anfragen zur Schur bei derartigen Rassen weist die Hundefriseurin folglich ab, bietet im Gegenzug aber an, die Besitzer in die korrekte Vorgehensweise des Zupfens und Trimmens einzuweisen und sie mit dem nötigen Handwerkszeug auszustatten. Das macht in der Anfangszeit zwar viel Arbeit, lässt auf Dauer aber nach und führt zu einer geringeren Anfälligkeit für Knötchen im Haar. »Die meisten Besitzer suchen sich dann einen anderen Hundefriseur, der die Schur durchführt«, berichtete die Frau aus ihren Erfahrungen.

Jede Felleigenart wird in einer Weise zu Mehraufwand führen. Kurzes Haar fliegt rund ums Jahr, krallt sich buchstäblich in jede Polsterung auf einen Kilometer Entfernung. Selbst der beste Staubsauger versagt hier kläglich. Dies war zum Beispiel bei dem Schäferhund meiner Familie der Fall, tat der Liebe zum Tier aber keinen Abbruch.

Am Ende vergöttert doch jeder seinen Vierbeiner, egal ob sein Haar zwischendurch verknotet, umherfliegt oder festklebt.

DER JUNGSPUND

Ein erzogener Hund ist für viele Besitzer das höchste Gut im Zusammenleben mit ihrem Vierbeiner. Wer möchte sich schon beim Stadtbummel oder auf dem Wanderpfad blamieren, wenn der fellige Begleiter unschuldige Passanten anrempelt oder er einen Tobsuchtsanfall erleidet, weil ein Artgenosse den Pfad passiert und er sodann nach Luft japsend im Halsband hängt, während die Hinterläufe sich in den Boden rammen, wie die Läufe eines Stiers in der Arena?

Nach guten drei Jahren, in denen ich unseren Hund ausführe, habe ich schon einiges gesehen. Menschen, denen bereits vom Weiten die Angst ins Gesicht geschrieben steht, weil sie bereits wissen, was passieren wird, wenn ihr Vierbeiner anderen Fellnasen begegnet.

Bruno aus der Nachbarschaft blamiert sein Frauchen täglich bis auf die Knochen, weil er lautstark bellt und jault, sobald ihm ein Hund auf vier Metern zu nahekommt. Mitten in der Stadt kann das natürlich ganz schöne Nerven kosten, denn die Bürgersteige sind in der Regel nur um die zwei Meter breit und der teils dichte Verkehr hindert die beiden daran, schnell noch die Straßenseite wechseln zu können. Auch nach geschätzten fünfhundert Zusammentreffen der besonderen Art, versucht das Frauchen noch immer Erschrockenheit vorzutäuschen, um ihre Scham zu überspielen. »Bruno, was ist denn jetzt plötzlich los?«, fragt sie ihren Hund stets peinlich berührt.

Da Michael und Bruno sich noch aus Welpentagen kennen, stolziert Michael jedes Mal wie eine Eins an Bruno vorbei und erkennt genau, dass es sich um einen Bluff handelt. Aber Michael kann auch anders. Mit der schrillsten Belle auf Erden gesegnet, bringt er die Trommelfelle aller Lebewesen im nahen Umkreis regelrecht zum Bersten. Menschen werfen mir dann verächtliche und entnervte Blicke zu. Manche entladen ihr Mitteilungsbedürfnis und erklären mir, dass kleine Hunde eben typischerweise so viel bellen. Dabei kenne ich auch viele große Hunde, die gerne und viel bellen. Die Menschen bewerten dies aber aus irgendeinem Grund anders. Fakt ist, dass ich genau weiß, wie Brunos Frauchen sich fühlt, denn angenehm ist ein kläffender Hund an der Leine nicht.

Michael bellt, sobald Menschen ihn anstarren. Nicht, weil er sich angegriffen fühlt, sondern vielmehr, weil er die Chance wittert, eine Streicheleinheit einfordern zu können. Im Geschäft läuft er häufig wie ein Erdmännchen auf zwei Beinen, hält

Ausschau nach Bewunderern und stellt sicher, dass die Zielpersonen ihn zwischen den Regalen auch ja wahrnehmen. Dank seiner auffälligen Akrobatikkünste hat er oft genug Erfolg mit seiner Masche, die er, zu meinem Leidwesen, durch laute Bellattacken vollendet. Seit Jahren bin ich dabei, Michael das tunlichst zu untersagen, mit mehr oder minderem Erfolg. Im Gegensatz zu Michael, ist mir sein lautstarkes Mitteilungsbedürfnis häufig unangenehm. Ich tendiere dann oft dazu, besonders streng und laut zu schimpfen, worauf Michael in der Regel aber überhaupt nicht anspricht. Er konzentriert sich lieber auf die netten Menschen, die voller Eifer die angestrebten Streicheleinheiten verteilen. Meine Versuche, Michael zur Vernunft zu bringen, stoßen bei meinen Mitmenschen selten auf Verständnis. „Ach, haben Sie sich doch nicht so, der will doch nur gestreichelt werden!« oder »Lassen Sie den kleinen doch, der riecht sicher meinen Hund!«, sind typische Aussagen, die ich in ihrer Häufigkeit schon nicht mehr zu zählen vermag. Die Erziehung soll schließlich nicht ihr Problem sein. Und so werde ich manchmal das Gefühl nicht los, dass ich mich einfach mit einem »unerzogenen« Michael abzufinden habe, der in seinem dreisten Benehmen fortlaufend gefördert wird. Zum Glück bin ich selbst mit einem gewissen Maß an Starrsinn gesegnet und Kapitulation kommt nicht in Frage.

Schon häufiger bin ich Hundebesitzern begegnet, die einen Rambo an der Leine führen und unterdessen zur Resignation neigen. Sie sitzen die unangenehme Situation in den Tiefen des umliegenden Gestrüpps aus und legen alles daran, Konfrontationen aus dem Weg zu gehen. Es ist keine Seltenheit, dass mir Menschen mit Hund entgegengekommen, die, sobald ich mich Michael zuwende, um ihn an die Leine zu nehmen, wie von Zauberhand plötzlich verschwunden sind. Anfangs wunderte ich mich noch darüber und ging verunsichert weiter. Das Rascheln im Gebüsch verschaffte mir aber stets Gewissheit. Besitzer und Hund hatten sich zwischen die Blätter verkrochen und beteten, dass die Situation schnellstmöglich vorübergehen würde.

Eine Frau, der ich zumeist am Wochenende begegnete, stellte die Krönung aller Tarnungsversuche dar. Sie lief zunächst etliche Meter in das Dickicht, um die Leine ihres Deutschdrahthaars um einen Baum zu wickeln und sodann mit aller Kraft versuchte, das aggressive Tier zu bändigen. Es ging wohlmöglich weniger um ein Versteckspiel, als um den Versuch, das Schlimmste zu vermeiden. Einmal rief sie mir sogar zu, ich solle schnellstmöglich weitergehen, denn sie könne für nichts garantieren. Und leider hatte der Hund schon einige Male zugebissen, doch einen Maulkorb hielt die Frau anscheinend für unnötig. Dies war weithin bekannt, sodass ich mich spurtete. Mittlerweile hat der Hund abgelebt und ich wette, dass außer der Besitzerin wohl niemand richtig um ihn trauerte.

Eine andere Frau, die ich hin und wieder beim Spaziergang durch die Wohnsiedlung treffe, hat ebenfalls eine besondere Methode entwickelt, ihren wild gewordenen Jack Russel zu bändigen. Er trägt ein Geschirr, das von der Brust bis unter den Bauch und auf den Rücken reicht. Setzt der Hund zu einer Attacke an, hebt sie ihn einfach in die Höhe und läuft weiter, als sei nichts geschehen. Man könnte meinen, sie trage gerade ganz legère eine Einkaufstasche neben sich, würde dort nicht ein Hund baumeln, der durch stetiges Strampeln ziemlich an Fahrt aufnimmt und sich dank der Zentrifugalkraft immer schneller um die eigene Achse dreht. Im Park baumelt der kleine Hund manchmal mehr in der Luft, als dass er Boden unter den Pfoten hat.

Eine weitere Form der Kontrolle über den eigenen Hund in Begegnungssituationen, ist das mir sich nicht erklärende Stehenbleiben und beruhigend auf den Hund einreden. Ich habe mich schon immer gefragt, ob diese Methode in Hundeschulen gelehrt wird. Würden wir alle stehenbleiben, kämen wir schließlich nicht mehr voran. Mein Mann kann ein ganz schöner Witzbold sein und reizte eine solche Situation eines Tages aus. Ich bat ihn darum, seinen Plan ein andermal und ohne mich umzusetzen, aber er bestand darauf, es als gemeinsame Erfahrung zu verbuchen. Wir spazierten also durch einen Wald, als uns eine Frau mit ihrem Hund entgegenkam. Der Hund war etwa vier Mal größer als Michael, aber die Frau hatte anscheinend Sorge bezüglich eines Zusammentreffens. Wohlmöglich war er aggressiv und sie wollte uns nur schützen?

In fünf Metern Entfernung zu uns nahm sie die Leine sehr stramm und schaute ernst drein. Sie zwang ihren Hund sich zu setzen und murmelte ihm etwas ins Ohr. Auch wir blieben stehen, animierten Michael, sich ebenfalls zu setzen. Da Michael in seinem Verhalten sehr ursprünglich ist und Hundebegegnungen besonders im Freilauf souverän meistert, verstand er das überhaupt nicht. Er winselte und versuchte Kontakt zu dem anderen Vierbeiner aufzunehmen, der seinerseits sehr entspannt wirkte. Aus meiner Sicht gab es überhaupt keinen Anlass, die Hunde voneinander fern zu halten oder geschweige denn, stehen zu bleiben. Natürlich kannte ich das Motiv der Frau nicht, aus welchem heraus sie handelte. Anspannung und Aggression allerdings, konnte ich nur an ihr feststellen. Ich finde, ein solches Vorgehen schränkt unsere Hunde sehr ein und fördert geradezu einen schlechten Umgang untereinander. Mir liegt die Vermutung in solchen Momenten oft nahe, dass Menschen blind den Ratgebern und Hundetrainern Folge leisten, ohne Situationen selbstbewusst einzuschätzen und ihr Handeln zu hinterfragen. Nicht jedes Knurren, Bellen und Schnappen ist eine Aggression, sondern gehört einfach schlicht und ergreifend zum regulären

Kommunikationsrepertoire unserer Hunde. Indem man die Hunde konsequent voneinander fernhält und aus einfachen Begegnungen eine angespannte Situation durch Stehenbleiben und Zerren an der Leine macht, nimmt man dem Hund in meinen Augen die Chance, ein artgerechtes und entspanntes Leben zu führen. Ich habe schon einige Hundehalter kennengelernt, die überhaupt kein Gespür für die feine Kommunikation ihrer Vierbeiner mitbringen. Diese Gedanken schossen mir auch in dieser Situation durch den Kopf.

Die Frau stand beharrlich wie festgewurzelt an Ort und Stelle und kam nicht umhin, uns einen fiesen Blick zuzuwerfen. Wie schon erwähnt, kannte ich natürlich die Beweggründe nicht, die sie zu ihrem Verhalten anhielten. Die entnervten Blicke hätte sie sich allerdings sparen können, schließlich versperrte auch sie uns unseren Weg.

Ihr Hund wirkte unterdessen gelassen. »Lass uns gehen, die Frau wird sich nicht bewegen«, sagte ich nach einer gefühlten Ewigkeit zu meinem Mann.

»Nein! Wir warten ab«, sagte er entschieden. Ich stöhnte. Er konnte manchmal so dickköpfig sein.

Erst nach weiteren Momenten sammelte die Frau all ihren Mut, setzte sich in Bewegung und umkreiste uns weiträumig. Ein Zusammentreffen der Hunde war unter keinen Umständen erwünscht. Sie kletterte durch die umliegenden

Sträucher, schimpfte dabei ein wenig. Als sie uns endlich passiert hatte, rief mein Mann vergnügt aus: »Und jetzt kommt!«

Ich bat ihn, so etwas nicht noch einmal zu tun, woraufhin auch er meinte, dass ihm seine Zeit dafür zu schade sei.

Obgleich Michael in seinem Wesen umgänglich und lieb ist, haben wir es mit einem unkastrierten und aufgeweckten Kerlchen zu tun, der sein Kampfgewicht gerne überschätzt. Schon häufiger musste ich Hunde von unserem Michael pflücken, denen die Zündung durchgegangen war, nachdem Michael sie permanent in ihre Schranken weisen und dominieren wollte. Hat Michael einmal Fahrt aufgenommen, stellt er gerne auf Durchzug. Es läge mir fern zu behaupten, Michael sei der perfekte Engel und ich die vollkommene Erziehungsbeauftragte. Eine besondere Herausforderung war für mich die pubertäre Phase, die sich bei Michael hinzog wie ein langes Kaugummi, das niemals reißen wollte. In dieser Zeit war ich oft verzweifelt und so kostete mich die Tatsache, dass meine Mitmenschen mir unentwegt Erziehungstipps aufdrängten, nach denen ich nie gefragt hatte, gleich doppelt Nerven. Es lag meiner Natur schon immer fern, schnell aufzugeben oder unerwünschtes Verhalten einfach hinzunehmen. Deswegen beschäftigte ich mich ohnehin kontinuierlich und ausgiebig mit Michaels Ausbrüchen. Auf die Ratschläge der anderen

Menschen hätte ich also ebenso gut verzichten können und die Monologe über Erziehungsthemen entwickelten sich in dieser Zeit zu einem meiner persönlichen »Tretmienen-Themen«, die ich tunlichst zu vermeiden versuchte. Mit minderem Erfolg.

Die Hundeerziehung ist für eine Debatte unter Haltern immer gut. Nicht, weil es die Erziehung des Hundes selbst beinhaltet, sondern weil gefühlt jeder Mensch eine andere Auffassung über würdige Erziehungsmaßnahmen vertritt und manche Menschen diese auf Teufel komm raus auch durchsetzen wollen. Natürlich finde auch ich einige Methoden fragwürdiger als andere. Aber solange das Tierwohl nicht gefährdet ist, möchte ich es doch jedem selbst überlassen, wie der Vierbeiner erzogen und beschäftigt wird. Ich versuche meinen Hund immer zu verstehen und mich zu reflektieren. Mein Hund ist perfekt so wie er ist. Er bringt alles mit, was ein Hund braucht. Ich hingegen bringe nicht alles mit, was ein Hund so braucht und deswegen lerne ich gerne dazu. Ich setze mich mit unterschiedlichen Erziehungsansätzen auseinander und stelle mir ein eigenes Methodenrepertoire zusammen, das in meinen Augen gut zu uns passt. Hundeschulen habe ich sehr lange gemieden und bin auch nach meinem einstigen Versuch nicht weiter zur regelmäßigen Teilnahme übergegangen. Ich schaffe es einfach nicht nachzuvollziehen, wie eine durch die Trainer vorgegebene Methode, die einzig richtige für alle Hunde auf dieser Welt sein soll, obgleich ich sicherlich vielen Hundetrainern mit meiner Behauptung Unrecht tue. Ich kann mir durchaus vorstellen, dass die Trainingseinheiten inhaltlich auf einen minimalen Ausschnitt ihres Wissens heruntergebrochen werden, damit auch der letzte Unwissende versteht, was denn eigentlich Ziel der Trainingseinheiten ist.

In puncto Hundeerziehung bleibe ich mir jedenfalls gerne selbst treu und so gibt es viele Dinge, die bei anderen zu funktionieren scheinen, mir aber unangenehm erscheinen. Beispielsweise vertreten viele Menschen die Meinung, ein Hund lerne vor allem dann besonders gut, wenn er mit positiven Verstärkern überschwänglich beglückwünscht wird, wohingegen schlechtes Verhalten ignoriert werden sollte. Diesen Erziehungsstil habe ich für mich nie entdecken können und ich nehme mir auch die Freiheit, Michael zwischendurch die Leviten zu lesen, sofern dies in meinen Augen denn angebracht ist. Michael versteht es erstaunlich genau, wann es mir wirklich ernst ist und so kann ich mich schon lange darauf verlassen, dass er nicht vom Waldweg abweicht und stöbern geht oder Futter aufnimmt, das irgendwo herumliegt. Ich lobe lieber leise und bin mir sicher, dass Michael auch wortlos wahrnimmt, ob ich mich über seine Taten freue oder nicht.

Wenn ich Leckerlis einsetze, neigt er zum eifrigen »Einfach-alles-anbieten« und kann sich gar nicht mehr auf das Wesentliche konzentrieren.

Draußen im Freien hingegen konnte vor allem während Michaels pubertärer Ausschweifungen kein Leckerli der Welt gut genug sein, um ihn aus dem Bann der Dämonen zu ziehen. Und während er sich in seine Pubertät zu verrennen drohte, kam ich nicht umhin, nun doch die Teilnahme an einem Grundkurs für ungestüme Junghunde und deren hilfloser Halter in Betracht zu ziehen. Faktisch sollte ich erst viel später den Weg in eine Hundeschule finden, aber zum damaligen Zeitpunkt dachte ich, dass die Schulbank uns beiden guttun würde.

Ich recherchierte fleißig nach einer Hundeschule im Umkreis, die mir sympathisch wirkte. Als ich fündig wurde, schrieb ich der Hundetrainerin eine E-Mail und klärte sie über mein Anliegen auf. Michael war damals elf Monate alt und schien zeitweise außer Rand und Band. Wo sich gerade noch der angenehme Welpenradius, in welchem der Hund um einen kreist wie ein Helikopter, leicht vergrößerte, flitzte er plötzlich wie von der Tarantel gestochen quer durch den Park und ward nicht mehr gesehen. Er bahnte sich sogar einen Weg durch unser Gartentörchen und ging auf eigene Faust im Stadtpark spazieren. Es war zunächst ein gemütlicher Sonntagmorgen gewesen, der darin endete, dass ich im Schlafanzug kreischend wie ein aufgescheuchtes Huhn durch die Straßen rannte und jeden Menschen, der mir entgegenkam, fragte, ob er einen kleinen orangenen Hund gesehen habe, der allein seines Weges ginge. Während ich schon drauf und dran war eine Vermisstenanzeige zu erstellen, fand mein Mann Michael schließlich inmitten einer Horde Fußballhooligans, die sich mit der zehnten Dose Bier auf das anstehende Spiel vorzubereiten schienen. Lachend kreisten sie den kleinen Hund ein und rückten ihn auch auf Bitten meines Mannes nicht wieder heraus. Sie drohten sogar mit Schlägen und die Polizei, die ohnehin schon in Stellung war, warf bereits ein Auge auf die Situation.

Michael, gelassen und stolz wie der Hahn im Korb, war mit nichts anderem beschäftigt als allen zu präsentieren, wie hoch er sein kleines Beinchen beim Markieren bekam. Die betrunkenen Männer versuchten ihn einzufangen, aber flink wie ein Wiesel entwischte er ihnen jedes Mal.

Mein Mann schilderte mir das Geschehen am Telefon und ich bekam es mit einer Mischung aus Sorge und Wut zu tun. Als ich den Park erreichte, raste mein Herz vor Zorn. Festen Schrittes ging ich auf die Männerhorde zu und deutete meinem Mann an, sich im Hintergrund zu halten. Mit ungekämmter Mähne und im Schlafanzug stellte ich mich der Gruppe. »Lasst eure Finger von meinem Hund. SOFORT!«, donnerte es aus mir heraus.

Zwar lachten die Männer, die Gruppe zerstreute sich aber ein wenig. Mit einer wildgewordenen Irren, die mit dem Herzen einer Löwin und der Optik einer Hyäne um ihr Junges kämpfte, war nicht spaßen. Ich bahnte mir einen Weg zu Michael, doch als ich ihn mir gerade schnappen wollte, rannte er erneut los. Er hatte eine ältere Dame erblickt, die in Seelenruhe ihren Hund entlang des Weges am Stadtpark führte. Jetzt reichte es meinem Mann. Wortlos, aber voller Zorn marschierte er auf Michael zu, der inzwischen die Dame samt Hund bedrängte und einkreiste. Die wütende Energie meines Mannes muss quer durch den Park geschossen sein, denn plötzlich legte Michael sich mit angelegten Ohren ab und blickte ihm ängstig in die Augen. Endlich konnte er ihn einfangen. Zu aller Vorsicht trug ich den Hund lieber nach Hause, denn das Gemüt meines Mannes kochte noch bis zum Abend. Ich hingegen war einfach nur froh, Michael wohlbehalten wieder in meinen Armen zu halten.

Nach diesem Schrecken entschied ich mich dazu, eine Hundeschule aufzusuchen und Michaels wilden Energien ein Ende zu setzen. In meiner E-Mail, die ich an eine beliebig Hundetrainerin aus der Umgebung schrieb, bat ich darum, mir probeweise das Gruppentraining für Junghunde ansehen zu dürfen. Ich schilderte ihr Michaels Verhalten und beschrieb, wie er manchmal dazu neige, andere Hunde anzubellen und dass er vor kurzem ausgebrochen sei. Auch war er nicht mehr so zuverlässig abrufbar, wie noch als Welpe. In meinen Augen sind dies natürliche Verhaltensweisen, die bei vielen Junghunden auftreten, wenn die Geschlechtsreife einsetzt und der Hund sich weiterentwickelt. Da rief mich die Hundetrainerin einen Tag später zurück und fragte mich, wie ich mir das denn vorstelle, einen überhaupt nicht sozialisierten und traumatisierten Hund in eine Gruppe einzuführen. Es bestünden eindeutige Vorboten und so dauere es auch nicht mehr lang, bis ich Michael nicht mehr mit Artgenossen beisammen lassen könne. Es könnte zu schlimmen Beißereien kommen und weiß Gott, vielleicht könnte er dabei sogar verletzt oder getötet werden.

Ich war ganz schön baff und fragte sie, was ich denn nun tun solle?

Mindestens drei Einzelstunden, in welcher sie mir und meinem Hund erst einmal ein Grundverhalten eintrichtern würde. Da merkte ich, woher der Wind zu wehen schien. Wollte diese Frau mich doch tatsächlich zu teuren Einzelstunden drängen, obgleich ich mir bis heute sicher bin, dass wir es genauso gut in der Gruppe geschafft hätten. Das Verhalten eines pubertierenden Junghundes lässt sich schließlich nicht mit asozialem Verhalten oder einem Trauma gleichsetzen. Und so blieb es dabei, dass mein Mann und ich uns ohne professionelle Hilfe um Michaels Erziehung kümmerten. Auch wenn das oft sehr mühsam war, so haben wir mittlerweile dennoch einen großartigen Hund. Ich erreichte irgendwann den Punkt, an dem ich das Rüpelverhalten eines Jungspundes von tatsächlichem Fehlverhalten unterscheiden konnte und arbeitete an beiden Verhaltensweisen gleichermaßen. Lief Michael davon, holte ich ihn ein. Pinkelte er an unser

Bücherregal, erfolgte ein Donnerwetter, das Michael so schnell nicht mehr vergaß. Jaulte er im Café, da er sich nicht gedulden wollte, ignorierte ich ihn zum Leidwesen der übrigen Cafébesucher. Verließ Michael entgegen der Vereinbarung dreißig Mal unaufgefordert sein Körbchen, brachte ich ihn einunddreißig Mal dorthin zurück. Und dann sollte endlich auf allen Seiten Entspannung eintreten und die Anstrengungen wurden belohnt.

Das alles braucht Zeit, mal mehr und mal weniger. Wir sind alle verschieden und das ist auch gut so. Diese Erkenntnis habe ich mir hart erarbeitet und gebe sie gerne an andere Junghundebesitzer weiter, die sich abmühen und sich unentwegt für das Verhalten ihrer Vierbeiner entschuldigen. Zu gut kann ich mich daran erinnern, wie ich mich zu Zeiten fühlte. Die zwischenmenschlichen Zusammentreffen waren dabei immer das Aufregendste gewesen.

»Ihr Hund ist aber wild! Solche Probleme haben wir nicht!«, ließen mich Hundebesitzer wissen, die neben sich einen gemütlichen Senioren hertrotten ließen.

»Puuuuuuutschi, putschi! Komm mal her du kleiner Süßer! Aaaah, warum springt er mich denn jetzt an? Der ist ja gar nicht erzogen!«, urteilten Passanten, die uns auf der Straße ansprachen und ein Andenken ihres Annährungsversuches auf den Hosen mit nach Hause trugen.

Noch heute gerate ich regelmäßig in derartige Situationen, die ich oft erst bemerke, wenn es schon zu spät ist. Beim Stadtbummel oder in der Warteschlange an der Kasse nähern sich die Menschen uns von hinten und buhlen um Michaels Aufmerksamkeit. Schon ist es um die frischgewaschene Kleidung geschehen. Allerdings möchte ich auch nicht unerwähnt lassen, dass viele Menschen es gar nicht kümmert, wenn Michael ihre Kleidung schmutzig macht. Es gibt zum Glück unheimlich viele Hundeliebhaber, die eine kurze Schmuseeinheit wichtiger finden, als sich über Schmutz aufzuregen.

Das Absurdeste, das mir in dieser Hinsicht widerfahren ist, war ein Ausflug zum Baumarkt, in welchem ich mir gerade eine Gartenlounge ansah. Ich legte mich zur Probe auf die Lounge, woraufhin Michael ebenfalls auf die Liegefläche sprang und es sich neben mir bequem machen wollte. Ich befahl ihm, wieder herunterzuspringen, woraufhin zwei Verkäufer auf uns aufmerksam wurden und mir mitteilten, dass das schon in Ordnung sei. Nur Augenblicke später lagen die beiden Verkäufer mit Michael auf der Liege, danach eine Familie mit zwei Kindern, woraufhin auch ein älteres Ehepaar gerne mal zur Probe kuscheln wollte. Es wurden Fotos geschossen, Witze gemacht und alle waren glücklich und zufrieden.

Wenn es mir Zeit und Lust erlauben, bin ich für derartige Späße immer gern zu haben. Meinem Mann wird das oft zu viel, aber er lässt es Michael und mir zuliebe über sich ergehen. Manchmal hingegen wäre es mir lieber, wenn ich einfach nur meines Weges gehen könnte und so versuche ich die Menschen dann höflich darauf aufmerksam zu machen, dass ich in Eile bin und gerne weitergehen würde. Denn ob man es glauben mag oder nicht, wir werden spätestens nach zehn Minuten auf der Straße das erste Mal angesprochen und aufgehalten und so geht es fortlaufend weiter. Die Menschen wissen ja nicht, dass sie bereits das siebte Gespräch binnen einer Stunde anzetteln und handeln in bester Absicht. Deswegen ist es unheimlich kniffelig, sich galant und höflich aus der Affäre zu ziehen. Regelmäßig stoßen wir auf größtes Unverständnis, werden teilweise sogar beleidigt. »Komm, wir gehen! Dieses unfreundliche Paar soll doch glücklich werden mit ihrem Fiffi!«, heißt es dann in einem pikierten Tonfall.

Zu Beginn nahmen mich solche Begegnungen emotional mit, aber Dank der unverrückbaren Intensität Michaels und der Gelassenheit meines Mannes, habe ich schrittweise gelernt, Dinge entspannter hinzunehmen und nicht zu meinem Problem zu machen. Ich versuche mich genauso wichtig zu nehmen, wie andere das auch tun und schreite in diesen Momenten so arrogant wie nur möglich davon. Häufig finde ich mich dabei sehr albern, aber genügend.

DAS PERFEKTE DINNER

Als Hundebesitzerin, die häufig mit anderen Hundehaltern in Kontakt gerät, bin ich mir einer Sache zwischenzeitlich bewusst geworden. Das Thema »Hundefütterung« stellt für viele Halter ein ganz besonderes, ja, nahezu lebenserfüllendes Thema dar.

Viele vollziehen die Fütterung ihrer Lieblinge mit Hingabe, jeder möchte nur das Beste für sein Tier. So mancher Vierbeiner labt von einem Menü à la Carte, nur ausgewählte Zutaten landen in dem Napf – pardon - auf dem Teller. Wehe dem, der auf ein handelsübliches Fertigfutter zurückgreift und ins Visier der Feinkostverfechter gerät. Schneller als geahnt, findet man sich inmitten eines Bombenhagels aus Frischfleischratschlägen wieder.

In den vergangenen Jahren hat sich eine beachtliche Industrie zum Thema Rohfleischfütterung, auch bekannt unter dem Begriff BARF – »Born Again Raw Feeder«, zu Deutsch »Wiedergeborener Rohfütterer« – entwickelt. Unzählige Hundefutterhersteller werben mit ihren auserwählten

Frischfleischzutaten, Massen an verschiedenen Zusätzen aus Ölen und Pulvern und sogar das BARFEN im Trockenzustand für unterwegs in Hundemüsliform hat seinen Weg in das Hundefutterregal gefunden. Da kann ich meiner Mutter, die von diesem ganzen »Unsinn« nichts hält, manchmal auch nicht wiedersprechen.

Als Tochter eines Elternpaares, das konfessionell und mit Landwirtschaft aufgewachsen ist und gewisse Normen und Werte an seine Nachkommen weitergegeben hat, bin auch ich noch das ein oder andere Mal erschrocken über die inbrünstige Liebe anderer Halter zu ihren Hunden. Bei Instagram entdeckte ich vor kurzem eine Hündin, die es sich auf einer eigens für sie angeschafften Erlebnisdecke für Babys bequem gemacht hatte. Unter einem derartigen Gestell liegen normalerweise Menschenbabys, die nach den über ihren Köpfen hängenden, raschelnden, quietschenden und rasselnden Gegenständen greifen und ihre ersten haptischen Erfahrungen sammeln. Aber gut, jeder weiß selbst am besten, was ihn glücklich macht und schließlich muss ich mir ja eine solche Decke nicht ins Wohnzimmer legen. Es verdeutlicht mir aber, warum das Thema Futter für manche Personen einen solch wichtigen Stellenwert einnimmt, für das inbrünstig eingestanden wird. Koste es, was es wolle.

Bevor Michael bei uns einzog, setzte auch ich mich ausgiebig mit verschiedenen Fütterungsarten auseinander. Das war gar nicht so einfach, denn neben diesen existieren auch noch unendlich viele Futtersorten. Es gilt also, sich zuerst einmal durch einen Wust aus Informationen zu kämpfen und nicht von den schönen Werbesprüchen ablenken zu lassen. Wie schön, dass meine liebe Schwester immer an alles denkt und mir gerade zur rechten Zeit ein Hundebuch schenkte, welches den Lebensabschnitt des Welpen und das Thema der Fütterung behandelte. Das Buch wurde über einen renommierten Verlag veröffentlicht und von einer bekannten Hundeexpertin verfasst. »Na dann kann ja nicht mehr schiefgehen«, dachte ich mir.

Voller Vorfreude blätterte ich auf das Kapitel der Fütterung und fand eine sehr übersichtliche Tabelle. Diese unterteilte die möglichen Varianten in die Roh-, Nassfleisch- und Trockenfütterung.

Laut der Expertin stellte die Rohfleischfütterung die wohl naturgetreuste und gesündeste Form der Ernährung eines Hundes dar, sei aber aufwendig und relativ kostspielig. Je nach Bedarf sollten Zusätze wie Natrium oder Knochenmehl im Futter verabreicht werden, um die Ausgewogenheit der Ernährung sicherzustellen. Bei einem Hund, der sich im Wachstum befinde, sei dies eine besondere Herausforderung, da sich der Bedarf fortlaufend ändere und deswegen ständig neu errechnet werden müsse. Außerdem verwies die Autorin darauf, dass im schlimmsten Fall Knochenreste im Fleisch zu Verletzungen im Verdauungstrakt des Hundes führen könnten. An anderer Stelle las ich davon, dass die Frisch-fleischfütterung zu einem erhöhten Risiko von Wurmbefall führen könne, was mich sehr abschreckte. Alles in allem beschloss ich, dass ich keine Muße aufbringen könnte, meinen Hund nach dem BARF-Prinzip zu ernähren und so schloss ich mit dem Thema ab. Diese Entscheidung bereute ich nie. Michael, der nun schon Jahre hauptsächlich von Trockenfutter lebt, hatte bislang nur ein einziges Mal Probleme mit seiner Verdauung und das wiederum war auf einen wahrhaftigen Magen-Darm-Infekt zurückzuführen.

Weiter beschäftigte die Autorin sich mit der Nassfleischfütterung aus der Dose, die ihrer Sicht nach der Frischfleischfütterung in kaum etwas nachstand. Das irritierte mich ein wenig, denn schon häufiger hatte ich davon gelesen, dass die Nährstoffe im Trockenfutter ausgewogener seien, als im Dosenfutter. Sie argumentierte folglich, dass die Dosenfütterung zwar verhältnismäßig teuer sei und je nach Appetitstärke eine Menge Stauraum fülle, von den Hunden aber gerne angenommen werde und eine Vielfalt an Fleischsorten biete. Nun ja, auch das konnte mich nicht wirklich überzeugen, obwohl ich die Dosenfütterung später noch als Zusatzgabe wählen sollte. Lachsöl, das meiner Erfahrung nach sehr gut für das Haarkleid ist, lässt sich wunderbar mit dem Dosenfutter verabreichen und steht deswegen auch regelmäßig auf Michaels Speisekarte.

Zuletzt freute ich mich auf die Ausführungen der Autorin zum Thema Trockenfutter, die zugegebenermaßen bereits augenscheinlich dürftig und kurz ausfielen. Das enttäuschte mich, denn schließlich sollte Michael nicht irgendein minderwertiges Produkt untergejubelt bekommen. Ich war durchaus bereit, Geld für die gesunde Ernährung meines Haustieres in die Hand zu nehmen. Die ausgeklügelte Zusammenfassung der Autorin lässt sich an dieser Stelle leicht in einer noch komprimierteren Art darstellen: billig, minderwertig, faul. Wenn das Leben doch nur so einfach wäre, wie der Rechercheaufwand dieser Autorin. Zum Glück machen sich manche Menschen, die ihr Wissen frei zugänglich im Internet zur Verfügung stellen, mehr Gedanken und so kam ich doch noch an mein Ziel und entschied mich für eine getreidefreie Trockenfuttersorte, von der ich bis heute überzeugt bin.

Da auch die Züchterin unseres Michaels zu den leidenschaftlichen BARFERN zählt, ist dieser in seinen ersten Lebenswochen mit Muttermilch und der Rohfleischfütterung groß geworden. Als wir Michael zu uns holten, bekamen wir ein liebevoll zusammengestelltes Repertoire an rohen Fleischstücken von der Züchterin, um Michael zunächst seine gewohnte Speise zur Verfügung zu stellen. Wir besprachen mit ihr unser Vorhaben, das Futter umstellen zu wollen und sie zeigte sich verständnisvoll. Da ich schon häufiger gelesen hatte, dass man das Futter eines Hundes nicht ad hoc verändern sollte, da es zu Verdauungsproblemen und einer vorübergehenden Immunschwäche führen kann, gaben wir zur Eingewöhnung in den ersten Tagen nur ein wenig Trockenfutter zum Rohfleisch. Während unser kleiner Hund das Trockenfutter nahezu einatmete, verschmähte er das Rohfleisch. Allenfalls schleppte er die Herzen und Nieren quer durch unsere Wohnung, verlor sie im Schuh meines Mannes und bereitete den Fliegen im Garten ein Festmahl, indem er sie auf der Terrasse herumliegen ließ. Wir reduzierten das Trockenfutter, um Michaels Appetit auf Frischfleisch anzukurbeln, aber dieser hungerte lieber, als dass er die Fleischstücke verzehrte. Da Michael ohnehin sehr zart und schmächtig war, bereitete uns seine Verweigerung allmählich Sorgen. Als wir kurzzeitig später einen Termin beim Tierarzt wahrnahmen, damit Michael rechtzeitig seine anstehenden Impfungen erhielt, hielt der Mann inne. Er schaute sich den Hund von allen Seiten an und tastete ihn ab. »Was füttern Sie dem Hund?«, fragte er uns in einem fast vorwurfsvollen Tonfall.

Wir erklärten, dass wir im Begriff waren, das Futter umzustellen und derzeit eine Zugabe an Trockenfutter zum Rohfleisch verabreichten. »Stellen Sie das Futter direkt um und füttern Sie ab jetzt ausschließlich ein Trockenfutter für Welpen. Der Hund muss zunehmen«, riet er uns.

Michael war tatsächlich dürr und musste unbedingt an Gewicht zulegen. Wir taten wie geheißen und stellten schnell fest, dass Michael den Gewichtsverlust wieder einholte.

Die Rohfleischfütterung ist bei gewissenhafter Darreichung sicherlich artgerecht und gesund, sie kommt aber nicht für jedermann in Frage. Michael lebt derweil auch mit Trocken- und Nassfutter sehr gut. Selten setze ich ihm ein frisches Stück Fleisch vor, das er zwar als interessant, aber nicht essbar befindet. Insgesamt ist Michael sehr wählerisch und sortiert geradezu akribisch, was er mag und was er lieber beiseitelegt. Er trennt das Gelbe vom Ei und knabbert das Weiche des Brotes fein säuberlich von der Brotkruste ab. Letztlich liebe ich diese kleinen Eigenschaften an Michael sehr, auch wenn ich mich manchmal frage, wie ein Hund ein gekochtes Ei verschmähen kann.

Wie ich bereits erwähnte, trennen sich in puncto Fütterung gerne die Geister. Während einer unserer Streifzüge durch den Stadtpark geriet ich in eine Unterhaltung, die mir dies deutlich vor Augen führte. Wer tagtäglich mit einem Hund unterwegs ist, gerät automatisch häufiger mit seinen Mitbürgern in Kontakt. Das kommt von ganz allein und ist grundsätzlich sehr schön. Ein netter Plausch hier und ein netter Plausch da.

»Wie alt ist denn ihrer?« und »Ist Ihr Hund kastriert?«, sind typische Fragen, die man sich in der freien Wildbahn mit Hund gegenseitig so stellt.

Manche Begegnungen sind allerdings nicht so schön und ich glaube, viele Menschen kennen das

Gefühl, wenn man wutentbrannt, beschämt oder zu Tode beleidigt mit seinem Vierbeiner von Dannen zieht. Mittlerweile habe ich gelernt, mich von der Übergriffigkeit anderer Menschen erfolgreicher abzuschirmen und eine gewisse Ignoranz an den Tag zu legen, die nicht meinem Gegenüber schaden, aber mich schützen sollte. Dafür testete ich verschiedene Dinge auf ihren Erfolgsfaktor. Wenn mir jemand nicht zuhören wollte, selbst aber permanent redete, quatschte ich einfach ebenso drauf los. Wenn jemand Michael streichelte, obgleich ich höflich darum bat, dies bitte nicht zu tun, tätschelte ich die Person in aller Ruhe. Oder ich gab so lange Wiederworte, bis sich mein Herausforderer, der unabbringlich seine Meinung kundtat, irritiert und erbost zurückzog. Ich ließ nichts unversucht und hatte manchmal dabei auch meinen Spaß. Ich bin davon überzeugt, dass ich genau aus diesem Grund exakt diesen Hund bekommen habe.

Damals wünschte ich mir einen introvertierten, ruhigen Gesellen, der gehorsam an meiner Seite bleiben würde und im Grunde imstande sein sollte, meine Gedanken zu lesen. Rückblickend muss ich sagen, dass dies eine sehr romantische und bescheuerte Vorstellung war und so bekam ich stattdessen einen extravertierten, selbstbewussten und äußerst dominanten Hund, der seine sensible Seite vorwiegend zu Hause zeigt.

Es ist wohl von Vorteil, klein und flauschig zu sein, denn im Gegensatz zu meiner Person verzeihen die Menschen Michael viel. Er weiß genau, dass sich die meisten Menschen zu ihm bücken und Streicheleinheiten verteilen, wenn er sie denn nur fordernd genug anbellt und dabei fröhlich hin und her tapst. Ich mokiere dieses dreiste Verhalten so oft es geht, muss aber gestehen, dass ich oft genug erfolglos damit bin. Meine Mitmenschen zeigen Michael gegenüber in der Regel höchstes Verständnis und Wohlwollen, sodass er natürlich die für ihn angenehmere Variante fokussiert. Und so geht Michael sogar so weit, dass er die zu den Menschen gehörigen Hunde vehement verjagt und sich demonstrativ auf die Füße der Menschen stellt. »Dein Frauchen gehört jetzt mir!«, schreit er den verzweifelten Hunden quasi entgegen, die gar nicht verstehen, warum ihre Halter die Übergriffigkeit des fremden Hundes tolerieren und gar fördern.

Ich redete mir schon den Mund fusselig, versuchte Michael zu verjagen und erklärte wieder und wieder die Unverschämtheit meines Hundes. Schlimmer noch, erhielt ich oft die Antwort: »Ihr Hund scheint mich aber sehr zu mögen und darf doch mal gestreichelt werden!«

Menschen lieben es, das Gefühl vermittelt zu bekommen, sie seien besonders gemocht. Nur liegen Michaels Beweggründe leider ganz woanders – nämlich im Mobbing ihrer Hunde.

Irgendwann wurde ich endgültig erleuchtet. Fünfundneunzig Prozent meiner Mitbürger hören überhaupt nicht zu. Sie bücken sich trotzdem und streicheln Michael und kommen dabei häufig genug nicht umhin, mir währenddessen zu erklären, mein Hund sei nicht erzogen oder ein Deutscher Spitz sei dafür bekannt, nicht erziehbar zu sein. Mit dem Resultat, dass Michael weiterhin bellt und die Menschen ihn weiterhin streicheln. Die anderen Hunde schauen dabei dumm aus der Wäsche. Das Leben kann so undankbar sein.

Es sind Erlebnisse wie diese, die mich lehrten, Situationen schneller abzubrechen und durchsetzungsfähiger zu sein. Sie lehrten mich, »Nein!« zu sagen oder meine Meinung in der gleichen beharrlichen Art durchzusetzen, wie es auch mein Gegenüber tut. Das irritiert manche Menschen sehr, denn die Spiegelung ihrer selbst verstehen die übergriffigen Personen nicht. An guten Tagen mache ich mir daraus einen Spaß. An anderen tendiere ich dazu, bestimmte Vorfälle zu ignorieren. Das musste ich lernen und als frischgebackene Hundebesitzerin, die vom Wesen her tendenziell kommunikativ und aufgeschlossen ist, schlitterte ich ständig in einen Schwall aus Ratschlägen, Tipps und Tricks fremder Menschen, gefragt oder ungefragt. Für mein Gegenüber war das immer in Ordnung, solange ich dessen Meinung teilte. Wehe aber, ich war anderer Auffassung. Manche kennen dann keine Gnade mit in ihren Augen aufmüpfigen Menschen. Einige Begegnungen sind mir sehr gut in Erinnerung geblieben. Die folgende nenne ich die »Lehre des perfekten Dinners«.

Wohlgestimmt begab ich mich auf den Weg zum städtischen Park, der unserer Wohnung nahe gelegen ist. Michael war noch sehr jung und genoss jedes Zusammentreffen mit seinen Artgenossen. Manchmal raufte er so wild, dass ich ihn auf den letzten Metern nach Hause tragen musste und ihm die Augen im Wiegen der Schritte zufielen. Jeder mir entgegenkommende Mensch schmunzelte, denn der rund zwei Kilogramm schwere, flauschige Ball muss zum Anbeißen ausgesehen haben.

Als ich den Park betrat, hielt ich Ausschau nach gesellig wirkenden Menschen mit Hund, die möglicherweise Lust auf einen kleinen Plausch hatten. Da erblickte ich eine mir bis dahin unbekannte Dame, die freundlich wirkte und ihren beiden Hunden beim Herumtollen zuschaute. Es sollte sich mir noch herausstellen, dass es sich um eine rüstige Seniorin handelte, welche sich ihren Alltag als selbsternannte Expertin rund um das Thema »Hundefütterung« vertrieb. Diese Tatsache an sich ist natürlich erst einmal legitim.

Ich setzte mich in Bewegung, da ihre beiden Hunde wie die perfekten Spielgefährten für Michael aussahen. Kaum war ich angekommen und hatte die ersten Worte mit der Dame gewechselt, bereute ich meine Entscheidung bereits. Michael, quietschfidel und voller Feuereifer, gefiel der Frau überhaupt nicht und das teilte sie mir umgehend und unverblümt mit. »So wie Ihr Hund aussieht, sorge ich mich um ihn«, erklärte sie mir und wirkte betroffen.

Etwas verunsichert schaute ich mir Michael an, konnte allerdings nichts feststellen. Er rannte, was das Zeug hielt, bremste kurz vor einem der Hunde ab, konnte aufgrund des Tempos und seiner noch tapsigen Bewegungen nicht rechtzeitig bremsen und machte einen Purzelbaum. Verwundert über die Achterbahnfahrt ließ er sich auf den Allerwertesten fallen und sammelte sich einen Moment, bevor er wieder losstürmte und mit allen Mitteln versuchte, einen der beiden Hunde zum Spielen zu animieren. Wahrlich konnte ich nicht nachvollziehen, warum meine Gesprächspartnerin sich so besorgt zeigte.

Wie sie auf den Gedanken komme, wollte ich gerne von ihr wissen, denn ich könne nicht erkennen, dass es schlecht um Michaels Gesundheitszustand stehe.

»Ich denke, Sie füttern dem Hund das falsche Futter. Es ist sehr wichtig, dass ein Welpe eine ausgewogene und artgerechte Ernährung erhält.«

Ich versicherte ihr, dass Michael ein speziell auf den Bedarf von Welpen abgestimmtes Futter bekäme, dass ich gewissenhaft und sorgfältig ausgewählt hatte. Aber so einfach ließ die Frau sich nicht abweisen.

»Ich bin Ernährungsberaterin für Hunde«, erklärte sie mir.

Der Stolz in ihrer Stimme war nicht zu überhören. »BARFEN Sie?«, fragte sie mich.

»Nein«, erwiderte ich, »und ich habe auch keine Lust darüber zu sprechen, denn ich habe mich bewusst von der Rohfleischfütterung getrennt.«

Ich fand meine Antwort schon ziemlich unverhohlen und direkt, doch die Expertin ignorierte meinen Versuch, mich dem Gesprächsthema zu entziehen, gekonnt. Sicherlich führte sie ein solches Werbegespräch nicht zum Ersten Mal. Prompt erhielt ich also eine Einweisung in das Thema der Rohfleischfütterung und eine Einladung zu einem der Informationsabende, die sie regelmäßig durchführte. Ich lehnte dankend ab und gab mehrfach Kunde meines Desinteresses. Die Expertin konnte nicht anders, als eine Schippe nachzulegen. Sie führte mir Horrorgeschichten zur Fütterung mit handelsüblichen Trocken- und Nassfleischsorten vor Augen, übertrieb in ihren Ausführungen maßlos. Konventionell gefütterte Hunde mutierten in ihren Geschichten zu Zombies mit schwersten Mangelerscheinungen, die regelmäßig Magenumdrehungen erlitten und platzten, wenn sich das Trockenfutter erst einmal so richtig im Verdauungstrakt des Hundes ausdehnte.

Ich war erschüttert, aber natürlich nicht von den Geschichten selbst, sondern von der Unverfrorenheit dieser Frau. Sie nutzte die Gelegenheit und drückte mir einen unprofessionell gestalteten Flyer in die Hand. Auf diesem stellte sie unter anderem ihre Facebook-Fanseite vor, auf welcher ich mich anzumelden hatte, sofern ich denn eine verantwortungsbewusste Hundebesitzerin sei. »Sie haben mich nicht einmal gefragt, welches Futter ich meinem Hund gebe und sind sich dennoch sicher, dass es sich um ein minderwertiges Produkt handelt. Wie kommen Sie denn darauf?«, fragte ich sie.

»Ich schaue mir Ihren Hund an und kann es einfach sehen«, erklärte sie mir und rief einen ihrer Hunde herbei, damit auch ich Zeugin des Gesundheitsunterschiedes werden konnte.

Der Hund trottete herbei und präsentierte sich so gekonnt, als mache er das schon zum hundertsten Mal für sein Frauchen. »Ihr Hund ist sehr... übergewichtig«, stellte ich mit einem Schmunzeln fest.

Ja, erklärte sie mir, das liege daran, dass er zuvor mal mit konventionellem Tierfutter gefüttert wurde und die Nachwirkungen sehr anhaltend seien. Daher lege sie bei diesem Hund außerordentlich viel Wert darauf, ihm eine vielseitige Kost bereitzustellen. Jetzt zückte sie auch noch ihr Mobiltelefon, um mir einen Einblick in die Speisekarte ihrer Vierbeiner zu gewähren. »Schließlich sollen Sie ja Lust auf eine meiner Weiterbildungen bekommen!«, lachte sie.

Was ich zu sehen bekam, erinnerte mich an die Speisekarte des feinen Restaurants um die Ecke.

Lachsfilet mit Brokkoliröschen auf Kartoffel-
stampf, angereichert mit ätherischen Kräutern
und Ölen. Geschnetzeltes vom Rind mit Karotten-
gemüse auf Reisbett. Hühnersuppe. »Das sind alles Dinge, die Sie *mir* gerne kochen können!«,
amüsierte ich mich und kam aus dem Staunen
nicht mehr heraus.

Ich liebe Michael, aber es ist und bleibt ein
Hund. Menschen, die viel Zeit und Geld haben,
können aus meiner Sicht gerne für ihre Vierbeiner
kochen und braten was die Küche hergibt. Aber
bitte – sie sollten mir zugestehen, einen solchen
Aufwand zu meiden. »Genau,«, rief sie erfreut
aus, »es ist das perfekte Dinner für den geliebten
Hund!«.

Die Frau hatte wohl längst den Eindruck gewonnen, ihre Ausführungen hätten mich mittlerweile überzeugt, denn ihr Interesse an mir war sicherlich genauso groß, wie meines an ihren dar-
gelegten Inhalten. Als sie mir gerade erklärte,
wann und wo der kommende Informationsabend
stattfand, wurde ich ungeduldig. Ich schnitt ihr
das Wort ab und musste dafür meine Stimme erheben, denn sie nutzte selbst dieses Mittel, um
sich fortlaufend Gehör zu verschaffen. »Ich habe
kein Interesse an ihren Weiterbildungen und
überhaupt, habe ich null Interesse daran, meinem
Hund etwas zu kochen oder zu BARFEN.«

Nun war die Bombe endgültig geplatzt.

»Dann ist die Gesundheit Ihres Hundes Ihnen
also egal«, schnaubte sie mir beleidigt entgegen.

»Das findet nur in Ihrem Kopf statt und ist deswegen nicht mein Problem. Mein Hund ist gesund und munter, normalgewichtig und aktiv«, sagte ich freundlich, aber bestimmt. Und damit endete unser Plausch endgültig.

Fortan mieden wir es, miteinander ins Gespräch zu geraten und nickten uns im Vorbeigehen bloß noch kurz zu. Unsere Hunde hingegen begrüßen sich bis heute freundlich, denn ihnen scheint es egal zu sein, dass die einen perfekt dinieren und der andere Verwahrlosungstendenzen aufzuweisen scheint.

Mein Vater kann bei Debatten über Fütterungsprobleme und Zusatzbeigaben immer nur den Kopf schütteln. »Früher gab es so etwas nicht«, erzählt er dann.

»Die Hunde bekamen manchmal Essensreste oder sie mussten sich selbst eine Maus jagen. Wenn der Hengst gut drauf war, durfte der Hund die heruntergefallenen Haferkörner aufsaugen. So war das nun mal.«

VON AMTS WEGEN

Es ist ein wunderbares und erfüllendes Gefühl durch den Wald zu gehen und zwischendurch einen Moment inne zu halten. Manchmal lausche ich begierig auf das emsige Zwitschern der Vögel, sehe in der Ferne eine Rehmutter mit ihrem Kitz. Zu meiner Rechten erklimmt ein Eichhörnchen geschickt eine dicke Eiche und der Duft des umliegenden Laub- und Nadelholzes steigt mir in die Nase. An jeder Ecke herrschen andere Gerüche, aber mit allen bin ich in diesen heimischen Wäldern auf irgendeine Weise vertraut. Es gibt nur Eines, das mir einen solchen Moment noch schöner werden lässt: der treue Begleiter an meiner Seite, der den Ausflug wohlmöglich noch mehr genießt als ich. Ist es nicht des jeden Hundebesitzers Wunsches, einen Weggefährten zu haben, auf den man sich verlassen kann? Es war ein hartes Stück Arbeit, aber ich weiß, dass Michael in meiner Nähe bleibt, nicht stöbern geht und meine Anwesenheit genauso schätzt, wie ich die seine. Es war mir immer wichtig, dass Michael den Weg nicht verlässt. Er könnte Wildtiere oder brütende Vögel aufscheuchen. Es läge mir fern, dieses Risiko einzugehen, schließlich sind ja wir zu Gast und der Lebensumgebung wilder Tiere und nicht andersherum.

Während Michaels wilder Phase war dieses Übereinkommen schwer durchzusetzen, aber heute funktioniert es sehr gut. Wenn man etwas nur stark genug will, kommt man in der Regel auch an sein Ziel. Dazu gehört Mut, in seinen Hund und seine Umgebung zu vertrauen, denn schließlich muss man jedes Mal aus Neue die Leine lösen und auf das Beste hoffen, obwohl es vielleicht naheliegend ist, dass der Vierbeiner die Biege macht, sobald er das Klicken der Leine vernimmt. Immer wieder musste ich mir vorstellen, dass es dieses Mal besser laufen werde und eines Tages war es dann auch so.

In diesem Zusammenhang möchte ich von einer Frau erzählen, die gedankliche Veränderungen nicht zulassen kann und somit in ständigem Hadern und Zweifeln ihrer Selbst gefangen lebt. Als ich sie bei einem unserer Spaziergänge traf, verhielt ihre Hündin sich, obwohl sie noch sehr jung war, anderen Hunden gegenüber angespannt und schnappte sogar nach ihnen. Sofort riss die Frau die Hündin hoch und nahm sie bedauernd auf den Arm. Ich fragte sie, warum sie das tue, denn ihre Hündin war nicht bissig oder aggressiv, nur panisch und unsicher. Da alle anderen anwesenden Hunde sehr verträglich waren und das Fehlverhalten der Hündin einfach ignorierten, gab es keinen Anlass, das Tier auf den Arm zu nehmen.

Da fing die Frau auf der Stelle an zu weinen und erzählte von ihrem bereits verstorbenen Hund, den sie so sehr liebte, dass sie in ständiger Angst um ihn lebte. Sie war so in Sorge über mögliche Geschehnisse, dass sie ihm jeglichen sozialen Kontakt zu Artgenossen untersagte. Dies wiederum führte irgendwann dazu, dass der Hund sehr unglücklich und aggressiv wurde und nahezu sein gesamtes Leben über isoliert zu anderen Hunden verbrachte. Als er schließlich an Altersschwäche starb, erkannte die Frau, was sie dem Hund angetan hatte und bereute ihr Verhalten zutiefst. Sie machte sich auf die Suche nach einem neuen Begleiter, fest entschlossen nun alles anders und richtig zu machen. Da sie aber selbst unsicher blieb, schaffte sie es nicht, sich aus ihrem Gefängnis der Angst zu befreien. Dies trug mit sich, dass auch ihr neuer Hund hinter diesen Mauern zu leben hat. Und so ist es nach wie vor für beide ein einsames und erneut unglückliches Beisammensein. Nur, dass die Frau sich mittlerweile einen zweiten Hund zugelegt hat, der ursprünglich das Drama beseitigen sollte, nun aber ebenfalls ein Teil davon ist.

Es ist erstaunlich, wie schwer es Menschen fallen kann, umzudenken und dementsprechend zu handeln. In meiner Arbeit als Pädagogin habe ich damit jeden Tag zu tun, bin aber immer darum bemüht, meine Profession von meiner Freizeit zu separieren. Ansonsten hätte ich das Gefühl, ich sei vierundzwanzig Stunden täglich im Dienst und würde dem berühmten Helfersyndrom verfallen. Und so kann ich die Ängste dieser Frau akzeptieren, auch wenn ich sie nicht für gutheiße.

Ich bin mir sicher, dass auch sie selbst nicht begeistert von ihren Ängsten ist. Und deswegen würde ich sie nie bevormunden oder Vorwürfe erheben. Insbesondere möchte ich die Frau deswegen nicht unter Druck setzen, da ich in eigener Person häufig genug erleben musste, wie unbeherrscht so mancher Mitmensch sein kann.

Lange Zeit machte ich einen großen Bogen um den Stadtpark, in welchem ich besonders oft in unerwünschte Kontakte geriet. Wie an anderer Stelle schon berichtet, besuchte ich den Park zeitweise sehr gerne. Als Michael noch ein Welpe war, bot er aufgrund der Dichte an Menschen und Tieren eine ideale Gelegenheit, soziale Kontakte zu knüpfen. Aber während Michael sich zumeist prächtig amüsierte, drängte sich mir immer häufiger die Frage auf, ob ich meine kostbare Zeit nicht auch anderweitig vergeuden könnte.

Alles begann mit dem sogenannten »Doggy-Treff«, der sich täglich nachmittags zur gleichen Zeit im Park versammelte und sogar per Facebook vernetzt war. Als Neuankömmling ließen mich die alteingeschworenen Gruppenmitglieder schnell spüren, dass ich lediglich über den Aufenthaltsstatus einer Duldung verfügte, mich aber bitte nicht dauerhaft sesshaft zu machen hatte.

Über das Gefühl, ein Eindringling zu sein, konnte ich drüberstehen, denn es ging mir schließlich um das Sozialleben meines Hundes und nicht um mein eigenes. Und wer weiß, vielleicht bildete ich mir auch nur ein, nicht willkommen zu sein. Ich wagte es also Kontakt zu der Gruppe aufzunehmen und ging offenherzig auf die Personen zu. »Hallo, wir sind Carla und Michael!«, strahlte ich die Menschen an, erntete aber mehr eine kritische Begutachtung anstelle einer herzlichen Begrüßung. Es benötigt eben auch ein wenig Zeit, bis man sich in Gruppen einfindet und einige Menschen wirkten durchaus sympathisch auf mich. So hakte ich mich in die ein oder andere Unterhaltung ein, ließ mir den neuesten Tratsch aus dem Park berichten. Erstaunlich, wie viel die Leute über andere Parkbesucher Bescheid zu wissen schienen.

Ich erinnere mich gut daran, wie dann auf einmal ich in das Visier meiner Gesprächspartner rutschte. Es hagelte plötzlich an Fragen und kritischen Rückmeldungen zu Michael und meiner Person. Es war, als müssen die Eindringlinge sich erst einmal einer Aufnahmesituation unterziehen, um den Anforderungen des mittäglichen, netten Beisammenseins Genüge tun zu können. Allem voran kam immer und immer wieder das Thema auf, wie ich mich denn ausgerechnet für einen Spitz hatte entscheiden können. Einmal die Liste der Vorurteile herauf und herunter, sollte ich anschließend Rede und Antwort stehen, warum es denn bitte ein Zuchthund sein musste. »Wie bitte?! Ich sehe hier zwei Bichon Frisé, einen Mops, einen Schäferhund, eine Bordeaux Dogge, mehrere französische Bulldoggen und einen Dackel. Und alles, womit ihr euch aufspielt ist die Frage, warum ich einen Rassewelpen ausgewählt habe?!«, empörte ich mich in einer Sekunde, in der ich mich zu Unrecht kritisiert fühlte.

Ich spürte, wie ich augenblicklich zur Hundeplatzfeindin Nummer Eins mutierte, meine Duldung davonflatterte und ich zur Staatenlosen wurde. Während ich von nun an immer mehr ignoriert wurde, bewegte Michael sich völlig frei und äußerst beliebt durch die Gruppe der Hunde und ihrer Halter. Ich kann selbst nicht nachvollziehen, warum ich mir das Ganze über Wochen angetan habe. Damals war es eben, wie es war. Und so ließ ich es auch eine Zeit lang über mich ergehen, dass Michael nach Strich und Faden verhätschelt und verwöhnt wurde, obwohl mir das ordentlich gegen den Strich ging. Zu doof, dass Michael ein kluges Kerlchen ist und die ersten Auseinandersetzungen nicht ewig auf sich warten ließen.

Eine Hundebesitzerin lockte ihn regelmäßig mit Futter auf ihren Schoß, liebkoste und kraulte ihn, um dann ein weiteres Leckerchen zu servieren. Mir gefiel das nicht, denn ersten fragte die Frau mich nicht um mein Einverständnis, Michael füttern zu dürfen. Auch wenn es kleinkariert wirken mag, kann ein Hund eine Unverträglichkeit aufweisen oder aus medizinischen Gründen gerade auf einer Diät sein. Somit ist es aus meiner Sicht nicht in Ordnung, einen Hund ungefragt zu füttern. Zweitens lauerte bereits der eigene Hund dieser Frau wie ein Löwe, da auch er gerne einen Leckerbissen abhaben wollte. Ein Streit zwischen den Hunden war damit vorprogrammiert.

Meiner freundlichen Bitte, Michael nicht zu füttern, kam die Hundebesitzerin partout nicht nach. Es war, als würde diese gar nicht wahrnehmen, dass ich mit ihr sprach. Irgendwann trauten sich mehrere der anderen Hunde näher an Michael heran, der auf dem Schoß thronte wie ein König und die Häppchen gierig verschlang. Schon wenn er die Hunde nur periphere wahrnahm, verbellte er diese vehement, um seine neu gewonnene Futterquelle zu schützen. »Siehst du?«, sagte die Frau an mich gewandt, »Spitze sind Kläffer. Deswegen würde ich mir so einen niemals anschaffen.«

Noch etwas ignoranter als die Frau stellte sich der Besitzer der beiden Bichon Frisés an. Dieser fütterte seine beiden Hunde, die ohnehin schon ein arges Gewichtsproblem aufwiesen, unentwegt mit Fleischwurst. Er gab Michael ungefragt etwas davon ab. Ich bat ihn höflich darum, dies doch bitte zu unterlassen. Er lächelte nur und schneller als ich sehen konnte, hatte Michael bereits das zweite Wurststück zwischen den Zähnen. Dieses Mal bat ich ihn vehementer darum, seine Wurst doch bitte bei sich zu behalten und Michael nicht weiter zu füttern. Er warf mir einen kurzen, nichtsagenden Blick zu und wartete einen Moment ab. Dann nahm er erneut ein Stück Wurst aus seiner Dose und gab dieses Michael. Bislang hatte ich die Dreistigkeiten meiner Mitmenschen mit Bauchschmerzen toleriert und mehr oder weniger in mich hineingefressen. Jetzt wurde es mir doch zu viel. »Wo sind Sie mit Ihren Gedanken?«, fragte ich den Mann mit erbittertem Unterton.

Endlich nahm er Blickkontakt zu mir auf und schaute mich fragend an.

»Ich bitte Sie zwei Mal höflich darum, meinem Hund keine Wurst zu füttern und Sie hören nicht damit auf. Was zum Teufel muss ich Ihnen sagen, damit Sie verstehen, was ich möchte?«, fuhr ich aufgebracht fort.

Der Mann war sichtlich erschrocken über meine Reaktion. Er entschuldigte sich und sagte, dass er meinen Hund ab jetzt nicht mehr füttern würde, er mit meiner Tonart aber gar nicht zurechtkomme. Ich bedankte mich für sein Verständnis und erklärte nochmals, dass ich ihn bereits zwei Mal auf eine höfliche Weise angesprochen hatte, er dies aber ignorierte. Das verstand der Mann nicht, denn er schüttelte nur den Kopf. Er erklärte, Michael und mich von nun an meiden zu wollen, damit es nicht erneut zu einem Missverständnis käme. Alles Reden half nichts, der Mann schien überhaupt nicht kritikfähig zu sein und zutiefst bestürzt über meinen Ausbruch. Ein Ausbruch, der in meinen Augen kein richtiger war, denn es war nie meine Absicht gewesen, mich in irgendeiner Form mit den Mitgliedern des »Doggy-Treffs« zu überwerfen. Der Mann aber wechselte fortan nie wieder ein Wort mit mir und schlug sogar eine andere Richtung ein, sobald er mein Entgegenkommen wahrnahm. Da er ein festes Mitglied des Treffs im Stadtpark war, führte sein Mangel an Kritikfähigkeit umgekehrt zu meinem endgültigen Ausschluss aus dem sozialen Gefüge. Die Menschen wandten sich von mir ab und ignorierten mich völlig, während sie Michael weiterhin begrüßten und streichelten, wenn sich unsere Wege kreuzten.

Das Gefühl, die Außenseiterin zu sein, missfiel mir damals sehr. Aber bekanntlich öffnet sich mit ein bisschen Geduld eine Tür, wenn eine andere sich schließt. Ohnehin konnte ich die Situation nur hinnehmen, wie sie war und noch hatte ich nicht aufgegeben, weiterhin ein Teil der Stadtpark-Community zu sein, auch wenn ich nicht mehr beim harten Kern stehen durfte.

Damals führte ich Michael häufiger an einer »Flexileine« aus, die sich automatisch auszieht und wieder einfährt, wenn der Hund sich dementsprechend entfernt oder wieder herankommt. Es war Sommer und viele Menschen hielten sich im Park auf, saßen auf ihren Decken und nahmen vergnügt ein Picknick ein oder lasen entspannt ein Buch. Michael lief Gefahr, all diese Menschen mit seiner überschwänglichen Art zu beglücken und so war es schon vorgekommen, dass er tiefenentspannten Personen mit maximaler Geschwindigkeit auf den Bauch gesprungen war und sie zu Tode erschreckt hatte. In der Flexileine sah ich eine wunderbare Möglichkeit, ihn rechtzeitig zurück zu holen, sollte er mein Kommando ignorieren.

Mein Mann und ich waren an einem Tag gemeinsam unterwegs und während wir gemütlich gingen und in unser Gespräch vertieft waren, zerrte es plötzlich an der Leine. Wir blieben stehen und als wir unsere Blicke zurückwarfen, trauten wir unseren Augen nicht. Ein uns fremder Mann hielt Michael auf dem Arm und hatte offensichtlich seine Freude an dem kleinen Welpen. Stolz wendete er sich anderen Menschen zu und hob Michael in die Höhe, damit dieser bestaunt werden konnte. Michael strampelte und wehrte sich, wollte auch er nicht von einem Wildfremden gehoben werden. Mir blieb das Herz stehen.

»Was tun Sie da?! Setzen Sie sofort unseren Hund ab!«, wetterte es aus mir heraus.

Er teilte uns mit, dass er das Problem nicht sehe und wir uns entspannen sollten. Es sei doch ein lieber Hund, der geliebt werden möchte!

Leider muss ich in diesem Zuge festhalten, dass es durchaus vorgekommen war, dass Menschen Michael fallen gelassen hatten. Ein kleiner Welpe kann sich sehr abrupt bewegen, weshalb ich in der Regel darum bat, ihn einfach wie einen Hund auf dem Boden zu lassen. Aber der Mann beharrte weiterhin auf seiner Position, sodass ich ihm den

Hund entreißen musste und wir uns über die Ignoranz des Mannes ärgerten.

Ich glaube, viele Hundebesitzer können das Gefühl nachvollziehen, wenn plötzlich ein Fremder ungefragt den Hund streichelt oder sogar auf den Arm nimmt. Es ist, als würde man selbst bedrängt und müsste einen unsichtbaren Abstandsring um sich ziehen, mit dem man sich und seinen hilflosen Hund beschützen kann. Aber leider heiße ich nicht Hermine Granger und mein Hund sieht auch weiß Gott nicht aus, wie Hagrids riesiger Mastino Napolitano »Fang«. Und so ließ auch die nächste Schikane nicht lange auf sich warten.

Hochmotiviert unternahmen mein Mann und ich einen weiteren Ausflug in den Stadtpark und trainierten eifrig den Rückruf unseres Hundes. Wir freuten uns über die kleinen Erfolge und spielten mit Michael, wenn er zu uns zurück tapste. Doch da hatten wir die Rechnung ohne unsere Mitmenschen gemacht, die ebenfalls Freude an dem kleinen Fellball auf vier Pfoten hatten. Sie lockten und riefen ihn, brachten ihn unaufhaltsam immer wieder von seinem Weg zu uns ab. Irgendwann wollte Michael nun endgültig nicht mehr zurückkommen, da eine junge Frau, die ihn zu sich lockte, ebenfalls einen kleinen Hund hatte, den Michael sehr interessant fand. Da Michael auf mein Rufen nicht weiter reagierte, setzte ich mich in Bewegung, um ihn abzuholen. Der andere Hund war schon älter und sichtlich genervt von den überschwänglichen Annährungsversuchen unseres Junghundes. Das bemerkte auch die Frau und so setzte sie ihren Weg fort, doch leider in die mir entgegengesetzte Richtung. Ich rief nach Michael und rannte ein Stück, um die Frau schließlich darum zu bitten stehenzubleiben, sodass ich Michael einfangen könnte. »Ja, dann nimm ihn dir doch!«, flötete sie in einem herablassenden Tonfall.

»Ich würde vorschlagen, dass du fremde Hunde nicht anlockst und ich mir so ein Theater in Zukunft ersparen kann!«, konterte ich genervt während ich mehrfach den Versuch unternahm, Michael irgendwie zu erwischen.

»Wieso«, sagte die Dame in einem schnippischen Ton, »ist er etwa krank, sodass ich ihn nicht anfassen sollte?«

Endlich erwischte ich Michael und schaffte es, ihm die Leine anzulegen. Ich stand auf, schaute der Frau tief in die Augen und erklärte ihr, dass wir den kleinen Hund gerade erst von der Straße gerettet hatten und er derzeit unter einem starken Parasitenbefall und extremen Diarrhö litt, ihr Hund aber sicher nichts davon abbekommen habe.

Nach meinen Erlebnissen im Stadtpark entschied ich mich dazu, die Freizeitgestaltung mit Michael zunächst anderenorts auszuleben und alternative Grünflächen aufzusuchen. Vielleicht war dies die Tür, die sich uns öffnen sollte, nachdem ich endlich zur Vernunft gekommen war und die andere hatte schließen können.

Bei meinen Recherchen stieß ich auf einen kleinen Park, der gerade noch fußläufig zu erreichen war. Und endlich lernte ich freundliche und aufgeschlossene Menschen kennen, die gleichgesinnt und ebenso entspannt eine Runde mit ihrem Hund drehen wollten und einem netten Plausch nicht abgeneigt waren. Einige von ihnen hatten ironischerweise den Park aus ähnlichen Gründen wie ich gewechselt.

Michael wuchs und gedieh prächtig und schloss regelrecht Freundschaften zu einigen Hunden. Der kleine Timmy, ein Goldstück von Rauhaardackel, schrie schon von Weitem, wenn er Michael sah. Die beiden konnten sich stundenlang damit beschäftigen, gemeinsam jedes Blatt am Busch zu erkunden, zu scharren und wild herumzutollen. Die Besitzerin ist genau wie ihr Hund, eine nette, tiefenentspannte und äußerst sympathische Persönlichkeit. Ich genoss diese Zeit, in welcher ich mich wieder davon überzeugen konnte, dass es noch nette Menschen gab, die es akzeptieren, wenn gerade mal kein Leckerchen gefüttert oder der Hund nicht auf den Arm genommen werden soll. Es war einfach herrlich.

Eines Tages überkam mich der Gedanke, dem Stadtpark wieder eine Chance zu geben. Mein Mann äußerte seine Zweifel, gab aber schließlich nach. Der Park war viel näher gelegen und was könnte eine kurze Runde schon schaden? Wir hatten uns dort ein halbes Jahr nicht blicken lassen und sicher gab es schon viele neue Hundebesitzer in der Gegend, die wir gar nicht kannten und die sicherlich sehr nett waren.

Im Park angekommen, gingen wir gemütlich unsere Runde und sprachen gerade noch darüber, wie schön dieser eigentlich sei. Michael war wieder an der Flexileine, denn es war schon Frühjahr und wieder saßen viele Menschen auf dem Boden und machten sich einen schönen Spätnachmittag mit Sonnenschein und gutem Essen. Da kam uns ein Mann mit zwei kleinen Hunden entgegen, der uns freundlich grüßte. Bei genauerem Hinsehen fiel mir auf, dass es sich um die Hunde der selbsternannten Ernährungsexpertin handelte und der Mann ihr Ehemann war, der sich stets im Hintergrund zu seiner Frau zu halten wusste. Nun aber war er allein unterwegs und da sich unsere Hunde wiederzuerkennen schienen, kamen wir ins Gespräch. Da fragte uns der Mann, warum wir lange nicht im Park anzutreffen gewesen seien. Ich erklärte ihm, dass mir die vielen Tipps, Ratschläge und verbalen Attacken zu viel geworden waren und ich dem Wust aus Klugschwätzerei gerne entkommen wollte. »Aaah«, sagte er und nickte nachdenklich.

In der Annahme, er würde nun entweder nichts sagen oder vielleicht ein respektierendes Zustimmungsnicken von sich geben, setzte er an. »Aber einen Tipp muss ich euch noch geben. Die

Flexileine ist gar nicht gut für euren Hund. Damit verzieht man das Tier und danach hören sie nicht mehr auf die Besitzer.«

Mein Mann und ich warfen uns einen Blick zu und lachten. »Warum ziehen denn deine Hunde ihre Leinen heute auf dem Boden hinter sich her?«, fragte ich den Mann, denn mir war aufgefallen, dass die Leinen sich ständig in den kleinen Beinchen verfingen und er sich oft bücken musste, um sie wieder zu entwirren.

»Haben Sie noch gar nicht davon gehört? Charly, der Schäferhund aus dem »Doggy-Treff«, hat einen Kinderwagen umgeworfen! Das Kind fiel daraufhin aus dem Wagen und verletzte sich leicht. Die Mutter tobte wie eine wildgewordene Irre und seither ist regelmäßig das Ordnungsamt vor Ort. Die Strafen für das Ableinen der Hunde wurden enorm angezogen!«, erklärte er aufgeregt.

Ich dachte an den »Doggy-Treff« und all die Hunde, die immer ohne Leine liefen. Kevin, der Schäferhund, war einer dieser Hunde. Als könnte der Mann meine Gedanken lesen fügte er hinzu, dass es den »Doggy-Treff« seither nicht mehr gebe. Niemand wollte mit dem Vorfall in Verbindung gebracht werden, sodass sich die Gruppe nun in Minigrüppchen sprengte. »Was für reizende Mitmenschen«, dachte ich im Stillen und war plötzlich froh, noch nie richtig dazugehört zu haben.

Nicht ohne Stolz fügte der Mann schließlich hinzu: »Meine Hunde tragen im Übrigen ihre Leinen, da das Ordnungsamt immer betont, die Hunde müssten angeleint sein. Und das sind sie ja schließlich, wenn ich die Leinen am Halsband befestige! Niemand sagt mir, ob ich die Leinen in der Hand halten soll oder nicht! Natürlich wurde ich schon darauf angesprochen, ich bin ja schließlich täglich in diesem Park. Ich habe denen vom Ordnungsamt auch schonmal erzählt, mir sei die Leine gerade erst aus der Hand gefallen. Die sind so doof und glauben alles!«

Er lachte herzhaft. Vielleicht hat der Mann Glück gehabt, auf einen besonders netten Amtsmitarbeiter getroffen zu sein, der nochmal ein Auge zugedrückt hat. Denn eigentlich besagen die auf dem Landeshundegesetz beruhenden Regelungen des städtischen Ordnungsamtes, dass Hunde angeleint zu führen sind und nicht, dass Hunde in irgendeiner Weise berechtigt sind, ihre Leine hinter sich herzuziehen und ihrer Wege zu gehen. Auf bedauerliche Weise scheint sich der Spruch »Dreistheit siegt« immer wieder zu bewahrheiten. Manchmal frage ich mich, warum ich ein Typ Mensch bin, der sich gerne an Regeln hält und auch noch erwischt wird, wenn dem mal nicht so ist. Ein einziges Mal habe ich mit dem Mobiltelefon während des Fahrradfahrens telefoniert und prompt fuhr ein Polizeiwagen an mir vorbei und hielt mir die Kelle vor die Nase. Aber gut, im Park habe auch ich Michael schon oft und ohne Konsequenzen freilaufen lassen. Ein wenig Glück muss jeder mal haben. Wenn ich nun aber weiß, dass ein Kind verletzt wurde und die Elternschaft in Aufruhe ist, würde ich es nicht draufankommen lassen. Und so fand ich die Methode des Mannes nicht gut, aber solange er seine Hunde unter Kontrolle hatte und sie niemandem zur Last fielen, sollten sie meinetwegen selbst Herr ihrer Leinen sein. Ich war schließlich nicht in den Diensten des Ordnungsamts unterwegs.

Seine eigene Missetat außer Acht gelassen fiel es dem Herrn allerdings umso schwerer, unseren vermeintlichen Fehler zu tolerieren. Und so kam er im Laufe des Gesprächs natürlich wieder auf die Flexileine zu sprechen, die ihm wie ein kleiner Stein im Schuh zu drücken schien. Es muss sehr unbefriedigend für ihn gewesen sein, dass wir partout nicht auf seine Ratschläge eingingen, führte aber irgendwann dazu, dass er die Angelegenheit endlich auf sich beruhen ließ.

Während wir noch ein Stück gemeinsam schlenderten, kam uns eine Frau entgegen, die drei große, freilaufende Hunde bei sich hatte. Sie kamen stürmisch auf uns zu und begrüßten Michael, der sich wiederum an der Leine befand. Hundebesitzer werden diese Situation kennen, denn sie geht selten gut aus. Michael fühlte sich bedrängt und bellte infolgedessen, versuchte die Plagegeister verzweifelt los zu werden. Dies schien die drei Hunde nur noch neugieriger auf unseren kleinen Hund zu machen.

Es ist wohl ein ungeschriebenes Gesetz des Anstandes unter Hundefreunden, den eigenen Hund an die Leine zu nehmen, sofern man einen anderen angeleinten Hund entdeckt. Viele halten sich daran und es vereinfacht das Zusammenleben enorm. Ist man mal nicht schnell genug, reicht oft eine kurze Entschuldigung und die Sache ist abgehakt. Diese Frau aber war von einer anderen Sorte und wollte es uns partout nicht einfach machen.

Mein Mann unternahm mehrfach den Versuch, einen Abstand zwischen uns und den Hunden herzustellen, mit wenig Erfolg. Sobald er eines der Tiere verjagt hatte, schaffte ein anderes sich den Weg zu Michael zu bahnen. Ich wollte gerade die Frau darum bitten ihre Hunde zu sich zu holen, als diese an mich herantrat und mir eiskalt befahl, meinen Hund auf der Stelle abzuleinen. »Wie bitte?! Leinen Sie Ihre Hunde doch ordnungsgemäß an!«, entgegnete ich ihr.

Dieser Park musste verflucht sein, kam es mir in den Sinn.

Sie sog scharf Luft ein und erklärte mir in einem sonderbaren Tonfall, mein Hund spräche zu mir, aber ich sei anscheinend nicht dazu in der Lage ihm zuzuhören. Mein Mann und ich mussten erst einmal lachen, so absurd stellte sich uns die Situation dar. Ich sammelte mich und erklärte ihr, dass ich selbst gut entscheiden könne, ob ich meinen Hund an der Leine führe oder nicht. Die Frau aber gab sich nicht zufrieden, sie redete und redete, während Michael weiterhin bellte und die anderen Hunde immer wieder versuchten ihm nahezukommen.

Die Situation war völlig außer Kontrolle geraten und würde mir in dieser Form heute nicht mehr passieren. Ich wäre längst über alle Berge, sobald ich merkte, dass man mit bestimmten Menschen keine Basis finden kann. Selbst der sonst so gesprächige Mann mit seinen kleinen Hunden hatte inzwischen die Leinen in die Hand genommen, war verstummt und sah sich das Schauspiel aus einigen Metern Sicherheitsabstand an. Verwirrte Blicke wurden getauscht. Da die Frau immer aufdringlicher wurde, bat ich sie darum, sofort Abstand zu uns zu nehmen und ihre Hunde einzufangen. Da schrie sie mich plötzlich an: »Wieso trägt ihr Hund ein Halsband? Man nimmt grundsätzlich nie ein Halsband, sondern ein Geschirr! Hören Sie nicht, was er sagt?! Nimm mir das Halsband ab und lass mich frei!«

Die ersten vorbeilaufenden Menschen blieben stehen und beäugten neugierig, was die Dame denn so vehement mitzuteilen versuchte.

»Niemals dürfen Sie ein Kind gebären! Holen Sie sich erst eine amtliche Erlaubnis ein, ein Kind in diese Welt setzen zu dürfen! Sie schaffen es ja nicht einmal, Ihrem Hund zuzuhören!«, schrie sie mich an und baute sich vor mir auf, drohte mir mit erhobenem Zeigefinger.

Da nahm ich meine Handtasche, setzte sie der Frau auf die Brust und schob sie unsanft damit zurück. »Lassen Sie mich und meinen Mann in Frieden oder ich muss die Polizei rufen!«, rief ich in meiner Verzweiflung.

Michael bellte sich die Seele aus dem Leib, als mein Mann mich am Arm von der Frau wegzog und damit die Situation beendete. Noch im Weggehen rief die Frau uns etwas hinterher, das ich nicht mehr verstehen konnte. Es fühlte sich falsch an und ich brauchte einen ganzen Tag, um mich von diesem Schrecken zu erholen. Ich fühlte mich beleidigt und zu Unrecht diskriminiert.

Dieses Erlebnis stellte das absolute und unwiderrufliche Ende unserer Verbundenheit zu diesem Park dar. Er scheint eine fragliche Aura zu besitzen und die Menschen durchdrehen zu lassen. Fast würde ich sage, dies sei mir sogar amtlich bestätigt.

MICHAEL LIEBT

Michael liebt nahezu alle Geschöpfe auf dieser Erde. Viele, die Michael kennen, behaupten, er sei gar kein richtiger Spitz, da er so zutraulich und verspielt sei. Aber so ein Verhalten kommt natürlich nicht von ungefähr und wurde dank vieler lieber Mitmenschen von Anfang an gefördert.

Als Michael bereits einige Wochen bei uns lebte, klingelte es an der Tür. Der Paketbote war da und lieferte unsere Bestellungen. Da Michael als Welpe noch nicht bellte, wenn an der Tür schellte, schlich er sich zunächst unbemerkt in den Hausflur und begutachtete den fremden Mann in Gelb. Als dieser wiederum das kleine Fellknäuel entdeckte, dauerte es nur Sekunden und ich balancierte neben dem mir gelieferten Paket auch das Paketlesegeräte in meinen Händen. Und ehe ich mich versah, lag der nette Paketbote bäuchlings auf den Flurboden, um Michael ein wenig zu bespaßen. Der Mann nahm sich sogar die Zeit für ein kühles Glas Wasser, denn es war August und draußen sehr heiß.

Diese Früherfahrung sorgte dafür, dass Michael nun jeden Briefträger und Paketboten anbellt, da er vor lauter Freude kaum noch an sich halten kann. Leider deuten dies viele Briefträger falsch und ich kann es ihnen nicht verübeln. Ich habe es noch nicht geschafft Michael glaubhaft zu machen, dass eine geräuschlose Freude sicherlich größeren Anklang finden würde als sein rüpelhafter Auftritt. In der Zwischenzeit hat sich jedoch unter den Briefträgern in unserer Wohngegend weitreichend herumgesprochen, dass Michael ein lieber Zeitgenosse mit laustarkem Mitteilungsbedürfnis ist, der eine unverrückbare Liebe zu ihnen empfindet.

Teilweise sperre ich Michael in einen anderen Raum, wenn es an der Tür schellt. Nicht jeder Mensch schätzt die stürmische Begrüßung eines bellenden Hundes, denn das tut er mittlerweile gern. Schon des Öfteren ist es vorgekommen, dass diverse Paketboten mich dann fragten, ob dies nicht der Haushalt mit dem kleinen Hund sei. Kollegen hätten ihnen von Michael berichtet und sie würden ihn gerne kennenlernen.

Kinder gehören ebenfalls zu Michaels Lieblingen. Unser lebhaftes Nachbarkind hat maßgebend dazu beigetragen, dass er Kinder mit Spiel und Spaß verbindet und selbst das lauteste Gebrüll toleriert, als sei es gar nicht da. Außerdem hatten wir das Glück, dass mein Mann Michael zum Schulunterricht einer Gesamtschule mitnehmen konnte. Dank des toleranten Schulleiters durfte Micheal regelmäßig den Sportunterricht der Schülerschaft besuchen und wurde sogar aktiv in Hürdenlauf und Akrobatik-Übungen eingebunden. Seither gibt es keinen Pausenhof, den der kleine Michael nicht mit leuchtenden Augen mustert und auf welchem er nur zu gern mitmischen würde.

Es gibt viele Eltern, die sich darüber freuen, wenn ihr Kind mit Tieren in Kontakt gerät und eine Gelegenheit gerne nutzen, wenn der Hund so positiv auf das Kind reagiert. Es gibt aber auch Eltern, die dem Ganzen sehr angespannt begegnen und ein Aufwachsen mit Tieren als etwas wenig Erstrebenswertes erachten. Als Michael noch ein junger Welpe mit etwas unter zwei Kilo Gewicht und weichem Wuschel-Welpen-Fell war, besuchten wir gemeinsam mit ein paar Freunden einen Park, um ein Picknick zu genießen. Dem kleinen Michael legten wir eine drei Meter lange Leine an, damit er sich zwar bewegen, aber nicht weglaufen konnte. In unser Gespräch vertieft, schrie plötzlich ein Vater sehr laut und ärgerlich auf. Seine Tochter war gerade im Begriff, den kleinen Michael zu streicheln, als dieser Zeuge des Dramas wurde. Er riss seine etwa zweijährige Tochter am Arm hoch und die Mutter fing unverzüglich an das nun weinende Mädchen nach etwaigen Verletzungen infolge einer imaginären Hundeattacke zu begutachten. Eltern im Kampfmodus, das konnte nicht gutgehen.

So schnell ich konnte, zog ich den kleinen Michael zurück in unseren Kreis der gemütlichen Picknickrunde und versuchte die aufgebrachte Familie so gut es ging zu ignorieren. Unsere Freunde schmunzelten, denn im Grunde waren wir uns dessen bewusst, dass die Situation für die Helikopter-Eltern noch lange nicht beendet war. Nach eingehender Untersuchung des Kindes stellten sie fest, dass zumindest körperlich keine bleibenden Schäden hinterblieben waren. Nun setzte der Vater seine Tochter ab und kam schnellen Schrittes auf uns zu. Die Entschlossenheit in seinem Gesichtsausdruck beunruhigte mich. »Herzlichen Dank für das Hundetrauma!«, schimpfte er, als er uns erreichte.

Der Mann war schon rot im Gesicht und atmete erzürnt. »Es tut mir leid, aber das haben Sie jetzt verursacht und nicht mein Welpe«, antwortete ich ruhig, denn so war es nun mal.

Der Mann holte tief Luft und überlegte, was er entgegen sollte. Da allerdings keine Antwort kam, setzte ich noch einmal an. »Ihre Tochter wollte den Hund einfach nur streicheln und hatte keine Angst. Nachdem Sie aus der schönen Situation nun ein hysterisches Drama gemacht haben, wird Ihr Kind tatsächlich traumatisiert sein und das geht eindeutig auf Ihre Kosten.«

Für eine Millisekunde bahnte sich ein einsichtiger und erschrockener Gesichtsausdruck an, den der Mann aber schnell mit einem abfälligen Schnauben unterdrückte. Er warf mir einen letzten finsteren Blick zu und begab sich auf den Rückweg zu seiner Familie. Die Tochter weinte noch immer.

Zum Glück gibt es Eltern, die entspannter mit ihren Kindern und Hundebegegnungen umgehen. Viele Mütter und Väter nehmen sich sogar die Zeit und erklären ihrem Kind, dass man sich aus Sicherheitsgründen erst die Erlaubnis der Besitzer einholen muss, bevor es sich einem Hund nähern kann. Kinder begreifen in der Regel auch sehr schnell, dass man einem Hund nicht in die Augen starren sollte. Meist setzen sie das besser um als ihre Eltern.

Michael verteilt seine Liebe gerne weitreichend und sein Interesse gilt nicht nur zweibeinigen Gefährten. Auch Tiere mit vier oder mehr Beinen kommen immer gut an. Ich habe oft gelesen, dass der Spitz zwar nicht zur Jagd geeignet ist, auf dem Bauernhof aber durchaus für eine mäusefreie Zone zu sorgen wusste. Michael hat von diesem Gen anscheinend nichts geerbt, denn in unserem Minigarten haust seit zwei Jahren eine mehrköpfige Mäusefamilie, mit der wir unterdessen eine Art tolerante Lebensgemeinschaft eingegangen sind. Während die Mäusefamilie zunächst unsere Terrasse gern als »Mäuse-Toilette« missbrauchte, herrscht Michael sei Dank zum Glück wieder Sauberkeit und Ordnung. Mit seiner schrillen Belle hat er die Terrasse in kurzer Zeit zurückerobert und zu seinem Hoheitsgebiet erklärt. Es verging eine Weile, bis wir schließlich doch wieder eines der Nagetiere zu Gesicht bekamen. Die Maus schien gut drauf und mutig zu sein, trottete mitten am Tag in Seelenruhe über unsere Grünfläche. »Jetzt reicht es mir aber, schnapp sie dir!«, befahl ich Michael.

Euphorisch sprintete dieser los und stürzte sich auf die Maus. Da schaltete sich mein schlechtes Gewissen ein, denn weder wollte ich der Maus Schaden zufügen, noch wollte ich Michael zum Mörder machen. Ich hastete zu ihm herüber und überlegte fieberhaft, wie ich ihn von seinem Tötungsvorhaben abhalten konnte, als sich mir ein unerwartetes Schauspiel bot. Bei genauerem Hinsehen erkannte ich, dass Michael die Maus nicht biss, sondern sie mit seiner Nase platt auf den Boden drückte. Die Maus hielt still und stellte sich tot. Als ich mich bückte, um das Geschehen vom nahen zu beobachten, schrie sie plötzlich wie am Spieß und Michael ließ schnell von ihr ab. Zitternd und erschrocken blickten sich Maus und Raubtier von Angesicht zu Angesicht. Da streckte dieser Hund doch tatsächlich sein Gesäß fröhlich in die Höhe und forderte das Nagetier zum Spiel auf. Die Maus maßregelte Michael noch einmal mit einem schrillen Schrei, um dann im Blumenbeet zu verschwinden und wieder ihres Weges zu gehen.

Die gleiche Art der Begegnung geschah kurzzeitig später mit einer Hummel. Michael drückte diese einfach mit seiner Nase platt auf den Boden. Als ich ihm befahl, die arme Hummel in Frieden zu lassen, trat er einen Schritt zurück und erfreute sich an der nun schwankend emporsteigenden dicken Hummel. Er blickte ihr nach, während sie ärgerlich in die Lust emporstieg und schließlich von Dannen schwirrte.

Da ich nun weiß, dass Michael keinem Menschen, ja sogar keiner Fliege etwas zu Leide tun konnte, war ich sehr darauf gespannt, wie er auf die drei Küken reagieren würde, die ein Mann aus dem Stadtpark adoptiert hatte und nun ständig hinter ihm her watschelten. Der Stadtpark beherbergt einen kleinen Teich, auf welchem die die Küken täglich eine Runde schwimmen gingen und anschließend nahmen alle gemeinsam ein Sonnenbad auf der Wiese. Bei vielen Hunden setzte sofort der Jagdinstinkt ein und die Besitzer wurden langsam ungehalten. Auch sie ließen ihre Hunde gerne freilaufen und warfen Bälle ins kühle Nass, damit die Vierbeiner sich eine Erfrischung gönnen konnten. Nur ist das Ableinen der Hunde in dem Park nicht erlaubt und somit hatten die Hundebesitzer kein Anrecht darauf, den Kükenvater in seine Schranken zu weisen. Eine Anleinpflicht für kleine Vögel gab es ja schließlich nicht. Weit und breit genoss Michael als Einziger das Privileg, frei laufen zu können. Er würdigte den Küken keines Blickes, der Jagdtrieb blieb aus.

Er wollte nicht einmal an den Küken schnuppern, obwohl sie ihn stets aufmerksam beobachteten und manchmal einige Schritte auf ihn zu gewatschelt kamen. Als er einmal unmittelbar hinter den Küken lief, versuchte er konzentriert einen Blick auf das Geschehen weit hinter den Küken zu erhaschen, denn dort befand sich einer seiner eigenen Artgenossen. »Aus dem Weg da, ihr steht mir in der Sonne!«, hätte er den Küken gerne gesagt.

Das gleiche Verhalten geschieht bei Wildbegegnungen im Freien. Ein nachdenklicher Blick und weiter geht es zum nächsten Baum. Schließlich ist es viel wichtiger, eine Annonce in der »Hund-von-Welt-Zeitung« aufzugeben, als so einem langweiligen Bambi beim Grasen zuzusehen. Unsere Spaziergänge im Wald sind deswegen sehr entspannt.

DER BÜROHUND

Studien berichten immer wieder von den positiven Auswirkungen, den ein Hund im Alltag auf uns haben kann. Besonders bekannt ist der fellige Begleiter für seine stresslindernde Aura, die einen wohltuenden und beruhigenden Effekt auf unseren Gemütszustand leistet. Wenn wir unter Druck geraten, schüttet unser Körper verstärkt Stresshormone wie Adrenalin oder Cortisol aus, die auf der einen Seite unser Leistungsvermögen steigern, bei andauerndem Stressempfinden aber auch ernstzunehmende Konsequenzen auf unseren Gesundheitszustand haben können. Es ist schon erstaunlich, dass allein die bloße Anwesenheit eines Hundes so beruhigend auf uns wirken kann, dass der Cortisolspiegel fällt und der Alltag angenehmer, sogar bewältigbarer erscheint.

Bevor wir Michael bekamen, stellten wir uns die Frage, wie wir ihn tagsüber versorgen und ob wir ihn mit zum Arbeitsplatz nehmen könnten. Schließlich waren wir beide vollzeitig berufstätig, weshalb der Alltag mit Hund einer gewissen zeitlichen Strukturierung und Planung bedurfte. Im sozialen Bereich, in dem wir tätig waren, mussten wir damit rechnen, dass unsere Arbeitgeber nicht sehr angetan von dieser Idee sein könnten. Schließlich muss man in einer gewissen Form gleich die doppelte Verantwortung sowohl für das Tier als auch für die Klienten tragen und der Arbeitsfluss darf dabei nicht gestört werden. Mit Gewissheit kann ich sagen, dass dies eine Herausforderung ist, besonders, wenn man einen solch aktiven, kleinen Herzensbrecher an seiner Seite hat, der sich nicht auf Knopfdruck und wohlmöglich über Stunden einfach hinter den Schreibtisch ablegen lässt. Und so sollte gut bedacht sein, ob man sich diesem Abenteuer stellen möchte. Wir wollten das und bereuten es nie. Glücklicherweise sahen auch unsere Vorgesetzten den Mehrwert eines Hundes in unserer täglichen Arbeit. Dies war das Startsignal, uns endlich auf die Suche nach genau diesem kleinen orangenen Mann machen zu können, der unser Leben bis heute auf so charmante und humorvolle Art bereichert.

Als Michael etwa ein halbes Jahr alt war, entschied ich mich dazu, ihn meinen Kollegen und Klienten endlich vorzustellen. Michael war von Beginn an aufgeweckt und präsent, stets freundlich und aufgeschlossen. Er reagierte wundervoll auf kleine Kinder und ältere Menschen. Auch Jugendliche und Erwachsene schien er stets zu mögen. Ich war mir sicher, dass Michael sofort einen Platz in den Herzen meiner Kollegschaft und Klienten finden würde und dennoch schlug mir das Herz bis zum Hals, als wir das Büro betraten.

Michael nahm es eher gelassen. Er findet sich immer gut, stellt sich selbst und niemanden sonst in Frage. Dafür bewundere ich ihn sehr. Und wie sollte es auch anders sein – die Menschen liebten ihn und nach einiger Zeit war er gar nicht mehr aus unserem Büroalltag wegzudenken. Aber wie vieles im Leben war auch dieses Erlebnis von zeitlicher Begrenzung.

Ich arbeitete damals mit einer Klientel, die zum Teil schwerwiegende psychische Probleme mit sich brachte. Viele der jungen Menschen, die ich beriet, hatten eine schwere Zeit hinter sich und waren teilweise noch immer Extremsituationen ausgesetzt. Es waren Menschen, denen es immer an Liebe und Struktur fehlte, die schon viel zu früh Existenzängste erfuhren. Viele hatten eine Schullaufbahn, die von Brüchen und Misserfolg gekennzeichnet waren. Infolge eines Lebens am Rande der Gesellschaft, lehnten sie Verhaltensregeln ab. Dies schien auch dem kleinen Michael nicht zu entgehen und so hatte ich mir schnell gewünscht, eine professionelle Vorbereitungsphase auf die Mitnahme eines Hundes am Arbeitsplatz durchlaufen zu sein, die ich damals vor allem aus zeitlichen Gründen für zweitrangig gehalten hatte. Nie war ich mir sicher, ob ich Michael richtig anleitete und stets war ich in großer Sorge um meinen Hund, der die Begleitung an den Arbeitsplatz schließlich genießen und nicht selbst noch psychisch erkranken sollte.

Eine junge Frau, die ich beriet, stellte Michael und mich vor eine besondere Herausforderung. Ihr waren mehrere psychische Beeinträchtigungen diagnostiziert worden, unter anderem eine stark ausgeprägte Persönlichkeitsstörung. Die Frau war in ihrem sozialen Umgang zu anderen Menschen sehr eingeschränkt und hatte schon mehrere Straftaten inklusive schwerer Körperverletzungen unternommen. Und obwohl sie weder mir noch Michael jemals zu nahetrat, sondern sich ganz im Gegenteil, immer sehr freundlich und zuvorkommend verhielt, zitterte Michael am ganzen Körper, sobald sie den Raum betrat. Er sprang mir immer und immer wieder auf den Schoß und versuchte sich an mir fest zu krallen, sobald ich ihn wieder auf den Boden setzen wollte. Ich hatte Michael damals eine Ruhezone eingerichtet, doch auch dort trat die erhoffte Entspannung nicht ein. Ich musste ihn festbinden, denn ansonsten suchte er unentwegt Schutz auf meinem Schoß. In einer Beratungssituation mutet dies nicht sehr professionell an. Da ich meinem jungen Hund diesen Stress nicht zumuten und auch sonst nicht wusste, wie ich die Situation regeln konnte, blieb mir nichts anderes übrig, als Michael fortan zu Hause zu lassen, wenn Termine mit der Frau anstanden.

In anderen Momenten wiederum funktionierte die tierische Unterstützung an meiner Seiter sehr gut. Es gab Augenblicke, in denen ich stolzer nicht hätte sein können auf den kleinen Michael. So machte er sich als »Lesehund« besonders gut und half einem jungen Mann dabei, seine tiefsitzenden Ängste zu überwinden.

Ich bat vier meiner Schützlinge darum, einen Zeitungsartikel vorzulesen, um die Lesefähigkeit der Klienten zu überprüfen. Während die ersten drei ihren Text mehr oder weniger holprig vortrugen, herrschte plötzlich Stille, als der vierte junge Mann, ich nenne ihn Paul, an der Reihe war. Ich blickte hoch und sah, dass Paul stark schwitzte, auffallend bleich war und zitterte. Er konnte es an diesem Tag nicht über sich bringen, auch nur einen Satz vorzulesen.

Manche Menschen sind durch die Erfahrungen ihrer Schullaufbahn stark blockiert. Sie wurden nicht durch Ermutigung gefördert, sondern durch Druck und Argwohn gedemütigt. Viele meiner Klienten, die hauptsächlich aus dem unteren Bildungssektor stammten, berichteten mir im Laufe der Beratung von derartigen Erlebnissen, die sie nachhaltig beeindruckten und das wenig gesellschaftstaugliche Verhalten bekräftigten. Es ist ein Teufelskreis, aus dem es im Laufe der Zeit immer schwieriger auszubrechen wird. Paul war einer dieser Personen, verfügte über wenig Motivation, wenig Durchhaltevermögen und wenig Zuversicht.

Ich suchte das Gespräch zu ihm und er beteuerte, in seinem ganzen Leben nicht vor anderen vorlesen zu wollen. Er könne es nicht über sich bringen, denn er neige dazu, die Worte langsam und stotterig hervorzubringen. Während wir sprachen, setzte Paul sich zu Michael auf den Boden und streichelte ihn behutsam. »Was halten Sie davon, Michael etwas vorzulesen? Er ist geduldig und wird garantiert nicht kommentieren!«, kam mir die Idee in den Sinn.

Zögerlich willigte Paul ein, obgleich er sich ziemlich albern dabei vorkam, Michael eine Geschichte vorzulesen. Aber er tat es, wieder und wieder. Und nach einigen Sitzungen durfte ich irgendwann ebenfalls im Leseraum bleiben. Und dann schlug Paul sogar von sich aus vor, den anderen Klienten eine Textpassage vorzulesen. In Schweiß gebadet und mit zittriger Stimme nahm er die Herausforderung an. Und die vorherige Streicheltherapie inklusive aufbauenden Zuspruchs machten es möglich. Paul erntete große Anerkennung und einen Applaus seiner Mitstreiter für seinen Mut.

Ein weiterer Augenblick, in dem ich hingerissen von Michaels Wirkung auf andere Menschen war, ereignete sich beim Verlesen einer sogenannten »Traumreise«. Während einer Traumreise liest man eine Geschichte vor, welche die Fantasie anregt und beruhigend auf Personen wirken soll. Man senkt die Stimme und erzählt zum Beispiel von Blumen und Wiesen, dem Plätschern eines Flusses und dem Duft eines Nadelwaldes. Da ich selbst nicht sehr esoterisch veranlagt bin, war es mir unangenehm, die Geschichte vorzulesen. Meine Kollegin, die derartige Aufgaben normalerweise übernahm, war an diesem Tag krank und so musste ich die Betreuung der Entspannungsgruppe übernehmen. Ich lud die vier Männer ein, sich in den Entspannungsraum zu begeben, um sich dort auf die vorbereiteten Yogamatten zu legen.

Schon öfter hatte meine Kollegin berichtet, die Männer nicht zur verhofften Entspannung geführt, sondern in einen albernen Zustand versetzt und die Sitzung sogar vorzeitig abgebrochen zu haben. Ich rechnete mit dem Schlimmsten und war nervös. Michael hingegen tapste munter umher, denn er kennt derartige Sorgen nicht. Und dann passierte etwas Wunderbares.

Die Männer rückten ihre Matten dicht beisammen, sodass Michael genau in ihrer Mitte liegen und sich ebenfalls entspannen konnte. Ich war gerührt von der Fürsorglichkeit und Geduld, mit der sie den kleinen Hund in ihre Mitte führten und ihn tatsächlich zum Liegen brachten. Wohlbemerkt war Michael damals ein Junghund, voller Energie und Eifer, der am liebsten den ganzen Tag durch das Büro flitzte und wilde Spiele anstelle ausgiebiger Streicheleinheiten bevorzugte. Ich begann zu lesen und konzentrierte mich zunächst ganz darauf, möglichst keine Fehler zu machen. Als ich nach einiger Zeit meinen Blick zur Gruppe schweifen ließ, musste ich lächeln. Auf dem Boden lagen vier junge Männer, deren Alltag von Schlafstörungen, Drogenmissbrauch, Diebstahl und der Unfähigkeit, gesunde Beziehungen zu anderen Menschen aufzubauen, geprägt war. Aber dieser Moment war von vollkommener Friedlichkeit und Gutem erfüllt. Alle hatten ihre Augen geschlossen, die Gesichtszüge waren weich. In der Mitte lag ein kleiner, orangener Michael auf dem Rücken, die Hinterbeine klafften entspannt auseinander, die Atmung ging ruhig.

Insgesamt hat Michael meine Arbeit sehr bereichert und ich denke voller Freude an diese Zeit, die leider viel zu schnell vorbei war. Aber bekanntlich kommt es erstens anders und zweitens als man denkt.

Michael liebte es, sich zwischendurch ein paar Streicheleinheiten abzuholen oder zu raufen, um sich dann in seine Ruhezone zurückzuziehen und die Termine entspannt zu verschlafen. Ich bat meine Kollegschaft und die Klienten darum, ihn zu ignorieren, sobald er die Ruhezone hinter meinem Schreibtisch erreicht hatte, was soweit auch prima funktionierte. Wäre da nicht meine Kollegin gewesen, die sich als unbelehrbarer Fall in Puncto Hund entpuppt hatte. Egal wie oft ich ihr erklärte, dass man einen schlafenden Hund nicht weckte und ihn, um Himmels willen, nicht knuffen und einzwängen sollte – sie konnte ihre Finger von Michael nicht lassen. Zuletzt wartete sie, bis ich das Büro verlassen hatte, um sich ungestört an Michael vergehen zu können. Ich muss diese harten Worte dafür finden, denn um einen normalen Umgang mit einem Tier handelte es sich einfach nicht. Sie quetschte Michael, zog an seinen Pfoten während er schlief und nannte ihn zu meinem Leidwesen auch noch »Kuscheltier«. Sie entwendete ihn mehrfach aus meinem Büro und rannte so schnell über den langen Flur, dass man der Meinung hätte sein können, eine wild gewordene Elefantenherde habe sich in unsere Büroräume verirrt. Einmal stürzte sie so heftig, dass sie sich am Kopf eine Beule an der Wand schlug. Michael blieb zum Glück unverletzt.

Es hatte Auseinandersetzungen zwischen meiner Kollegin und mir gegeben, doch sie blieb uneinsichtig. Sogar unsere Chefin schaltete sich mehrfach ein, um der Kollegin die Flausen aus dem Kopf zu treiben. Erfolglos.

Da musste ich schweren Herzens den Entschluss fassen, meinen geliebten Arbeitskollegen nicht weiter zur Arbeit mitzunehmen und meinem Mann diese Freude zu überlassen. Ich konnte es nicht zulassen, Michael der erdrückenden Zuneigung meiner Kollegin auszusetzen und Gefahr zu laufen, er könnte einen nervösen Charakter entwickeln, gar seelische oder körperliche Schäden erleiden. Für mich war dies eine riesige Enttäuschung und ich hatte hart an mir arbeiten müssen, einen gepflegten Umgang mit meiner Kollegin zu wahren. Ich würde sie nicht ändern können und so konnte allein ich eine Entscheidung mit den damit verbundenen Konsequenzen treffen.

Für uns alle begann eine neue Ära und so war es an der Zeit, dass Michael nun seine »Schulpflicht« erfüllte. Mein Mann lehrte damals den Sportunterricht für sogenannte »Kinder mit besonderem Förderbedarf« an einer Gesamtschule. Die Herausforderung, weder die Kinder noch den Hund zu überlasten, war recht groß.

Mein Mann bereitete das erste Zusammentreffen sehr sorgfältig vor, erstellte gemeinsam mit den Kindern Regeln und strukturierte den Ablauf des Kennenlernens. Zahlreiche Trockenübungen später war es soweit und Michael betrat neugierig den Raum und die Kinderaugen strahlten. Während ein Kind zur Begrüßung schon nach vorne schießen wollte, hielten die anderen es vehement zurück. »Sccchhhhhhh!«, wisperten sie sich zu und beruhigten sich untereinander.

»Michael mag es nicht, wenn es laut ist!«, erklärten sie sich immer wieder selbst.

Natürlich wurde Michael der Star des Sportunterrichts. Mein Mann entwickelte damals ein Spiel, das später auch an einer bekannten Universität Gehör fand. Hierfür war es notwendig, dass die Kinder zuvor einen Parcours mithilfe verschiedener Sportgeräte aufbauten, der Versteckmöglichkeiten bot, aber auch Platz für Balancetraining, Hangeln, Springen und Klettern ließ. Bestimmte Aufgaben und Regeln klärten den Ablauf. Am Ende der Stunde entschieden Schüler und Lehrer gemeinsam, ob die Stimmung untereinander gut genug für ein Zusammentreffen mit

Michael war. War dies der Fall, holte mein Mann den Hund dazu, welcher voller Freude die Kinder begrüßte und sogleich Übungen auf den Sportgeräten durchführen durfte. Unser Hund hat den Sport »Agility« (eine Sportart, bei welchem der Hund lernt, einen für Hunde errichteten Parcours aus verschiedenen Hindernissen in einer bestimmten Reihenfolge zu meistern) also ganz anders erfahren. Anstelle des Hundeplatzes war die Sporthalle der Gesamtschule getreten und anstelle des Herrchens übten die Kinder fleißig, den Hund über Matten und Bänke zu führen.

Den Kindern tat die Übernahme der Verantwortung sehr gut und einige verzeichneten große Fortschritte im Sozialverhalten, da sie Michael als angemessene Belohnung für ihre Anstrengungen bewerteten. Als die Gruppe und Michael ein eingespieltes Team waren und auch die ängstlicheren Kinder Vertrauen zu dem kleinen Hund gefasst hatten, wurden die ersten Elternstimmen laut, die sich trotz vorhergehender Information nun doch Sorgen machten. Der Hund könne krank sein und Würmer übertragen oder gar beißen. Die Kinder könnten traumatisiert werden und auch religiöse Einwände wurden hervorgebracht.

Schließlich erfolgten erste Anrufe und Beschwerden beim Schulleiter und als einige Eltern ihren Kindern auch noch verboten am Sportunterricht teilzunehmen, solange Michael Teils davon war, mussten die Beteiligten reagieren. Der

Schulleiter und mein Mann boten den besorgten Eltern an, den Hund selbst kennenzulernen und sich den Unterricht anzusehen, doch viele lehnten dies ab. Auch die Nachweise über den einwandfreien gesundheitlichen Zustand des Hundes interessierten sie nicht. Und so nahm auch diese lehrreiche, verantwortungs- und beziehungsfördernde Zusammenarbeit zwischen den Kindern und Michael ein jähes Ende.

So problemlos unser Traum eines Bürohundes und Arbeitsplatzbegleiters in Erfüllung ging, so rasch war er auch schon wieder vorbei. Wir hatten Glück, denn ich wechselte quasi im gleichen Moment meinen Arbeitsplatz und arbeitete nur fünf Minuten Fußweg entfernt von unserem zu Hause. Somit konnte ich Michael jeden Mittag bespaßen und ihm trotzdem ein gutes Frauchen sein. Und auch mein Mann fand eine Stelle ganz in der Nähe und ist nun ebenfalls imstande, die Übermittagsbetreuung zu übernehmen.

FRAU, DU HAST DEN FUCHS GESTOHLEN

Aus unserem Alltag ist der bewusste Lebensstil kaum noch wegzudenken. Wer es sich leisten kann, greift zu Bio-Produkten, achtet auf Nachhaltigkeit und investiert in umweltschonende Reinigungsmittel. Vielen liegt der Verzicht von Kosmetikprodukten, die hormonell wirksame und sonstige schädigende Stoffe beinhalten, besonders am Herzen. Seit einem Jahr verbanne auch ich den ungesunden Schund aus unserem Badezimmer und ersetze ihn durch Produkte, die möglichst wenige und natürliche Inhaltsstoffe besitzen. Und ganz besonders achte ich darauf, dass die Produkte nicht an Tieren getestet wurden.

In meinen Augen sind Tierversuche an Kosmetika eine Schande unserer Menschheit. Sie sind unnötig, misshandelnd, herablassend. Sie demonstrieren in abstoßender Form, wie sich der Mensch die Macht über andere Lebewesen verschafft und das natürliche Gleichgewicht der Flora und Fauna stört. Nichts regelt sich auf so

wunderbare Weise von selbst, wie die Natur –
gäbe es den Großteil der Menschen nicht.

Die Regale der Drogerien sind voll mit Schön-
heitsprodukten, über die Jahre wurde so ziemlich
alles getestet, was getestet werden kann. Wieso
muss dann noch immer ein unschuldiges Kanin-
chen das neueste Shampoo, die weltbeste Bodylo-
tion oder gar den neuesten Wundermaskara für
den extra Wimpernaufschlag in sein kleines Auge
geschmiert bekommen?

Ich bin froh, dass viele Kosmetikhersteller dank
des steigenden Konsumbewusstseins seiner Ver-
braucher zunehmendes Interesse an einer tierver-
suchsfreien Herstellung ihrer Produkte finden.
Ich mache mir keine Illusionen, dass diese Entwicklung aus eigenem Interesse heraus entsteht.
Ein Wirtschaftsunternehmen denkt in Profit, will
den Absatz steigern, seine Mitarbeiter beschäftigen, international am Markt sein. Nur wir, die
Endverbraucher, können letztendlich Einfluss auf
die Produktpalette und damit verbundene Her-
stellungsbedingungen nehmen. Und so sollte man
zum Beispiel um alle Kosmetikprodukte, deren
Hersteller auch am chinesischen Markt mitmischen, einen großen Bogen machen. In China ist es
nämlich gesetzlich verpflichtend, die Produkte
erst an Tieren zu testen, bevor sie an die Bevölke-
rung verkauft werden dürfen.

Von Zeit zu Zeit schocke ich immer wieder
selbst, indem ich mir Dokumentationen und

Berichte zu Gemüte ziehe, die in brutalen Einzelheiten zeigen, wie die Massenproduktion in der tierischen Lebensmittelherstellung abläuft oder woher das Fell an unseren Winterjacken und Mützen kommt. Ich ertrage die Bilder kaum und sie deprimieren mich zutiefst. Aber sie erinnern mich immer wieder daran, warum es gut ist, auf billiges Fleisch, zu günstige Milch und modische Fellbesätze auf Kleidungsstücken zu verzichten. Es ist kaum vorstellbar, welche Qualen die Tiere in so manchem Schlachthof erleiden. Viele Menschen wimmeln Gespräche darüber schnell ab, da sie die erbarmungslose Realität von sich fernhalten möchten. Ich denke aber, dass jede Jacke, die mit dem Pelz des Marderhundes bestückt ist und nicht gekauft wird, ein großer Erfolg ist und weise deswegen nahezu alle meine Gesprächspartner auf die Herkunft ihrer Kapuzenränder hin.

Auch bei uns in Europa sind viele an der Kleidung verarbeiteten Pelze nicht gekennzeichnet. Deswegen sollte man in meinen Augen tunlichst die Finger von jeglichen pelzbesetzten Kleidungsstücken lassen. So vermeidet man schließlich, den Gaunern nicht doch noch auf den Leim zu gehen. Ob man es glaubt oder nicht, ist es für die Industrie oft rentabler, billigen Echtpelz zu verarbeiten, anstatt teureren Kunstpelz herzustellen. Die Pelze werden teils so stark mit Chemikalien behandelt, dass sie mit dem bloßen Auge und sorgfältigem Abtasten nicht mehr von Plastikmaterial zu unterscheiden sind. Jedes Mal, wenn mich ein schöner

Wintermantel besonders anlacht und mir entgegenschreit: »Kaufe mich, mein Schnitt ist perfekt, ich bin kuschelig und warm!«, führe ich mir die Dokumentation vor Augen, die mich damals zur Vernunft brachte und auch heute noch ihre Wirkung zeigt.

Sie ereignet sich in China, wo Marderhunde unter erbärmlichsten Bedingungen auf riesigen Farmen in Käfigen gehalten werden. Die Mitarbeiter werden nicht nach Zeit, sondern nach Ertragszahl bezahlt, weshalb sich niemand darum scheren kann, die Tiere anständig zu betäuben oder gar zu töten, um wenigsten das letzte bisschen Würde dieser Lebewesen zu wahren. Mit einer Schlinge reißen die Mitarbeiter die scheuen Marderhunde der Reihe nach aus ihren Käfigen und hauen ihnen mit einem Knüppel kräftig auf den Kopf, werfen sie schnell zu Boden. Benommen und betäubt liegen die Tiere erst einmal dort, bevor sie schnell eingesammelt und dann lebendig an einem Metzgerharken aufgehängt werden. Wer Pech hat, ist da schon wieder zu sich gekommen und darf die Tortour nun bei vollem Bewusstsein über sich ergehen lassen. Es folgen ein paar Schnitte und der Mitarbeiter enthäutet die Tiere mit kräftigen Rucken. Schnell der nächste und wieder der nächste. Die Marderhunde leben zum Teil noch immer, wenn sie auf den Müllhaufen ihrer selbst geworfen werden, ihre Haut brutal entrissen. Dort, achtlos entsorgt, zittern die, die das Massaker überlebt haben, noch minutenlang vor

Schock und Schmerz, bevor sie dann kläglich krepieren.

Nun sollte man nicht meinen, Pelz werde nur in armen Gegenden Chinas »geerntet«. Auch im allseits angesehenen Norwegen lassen sich überdimensionale Pelzfarmen zur Ernte auserwählter Fuchs- und Nerzpelze finden. Die Bedingungen sind nicht nennenswert besser als in China, wo der Tierschutz schließlich noch immer kaum Platz in den Köpfen der breiten Masse gefunden hat. Es ist ein Lichtblick, dass die norwegische Regierung in den kommenden Jahren zumindest einige Pelzfarmen schließen möchte.

Ich selbst besaß einst auch eine Wollmütze, auf der ein prachtvoller Fellbommel angebracht war. Im Wind wehte er schön und wirkte edel. Als ich die Mütze auf dem Weihnachtsmarkt erstand, war ich mir irgendwie darüber im Klaren, dass es sich hier um echtes Fell handeln müsste und der Preis von fünfzehn Euro in keiner Relation zu einem Lebewesen stand. Ich hatte die Reprotage, die mich bis heute verfolgt, bis dato noch nicht gesehen und gab meiner Habgier nach. Das ärgert mich bis heute, weshalb ich nun auch regelmäßig andere Menschen mit dem Thema belästige, die den Pelzmarkt bewusst oder unwissentlich unterstützen. Zum Teil mit Erfolg, denn meine Schwester und einige Freundinnen haben dem Pelztrend mittlerweile ebenso abgedankt. Es lohnt sich also, sich immer wieder auch mit unangenehmen

Themen auseinander zu setzen und unschuldigen Lebewesen damit Leid zu ersparen.

Eines Tages ging ich mit Michael in die Stadt. In einem Bekleidungsgeschäft, ich stöberte gerade durch einen Wühltisch, kam eine ältere Dame mit einem schweren russischen Akzent auf uns zu. Sie trug einen Fuchs um den Hals. Einen echten – mit Kopf, Schwanz und Pfoten. Im hinteren Rückenteil war der Fuchs mit einem Loch versehen, sodass die Dame den Kopf des Tieres hindurch schieben und den Fuchs im Gesamten als Schal tragen konnte. Es wirkte schon sehr absurd, wie sich die anscheinend sonst sehr tierliebe Dame zu Michael herunterbeugte und ihn streichelte. Merkte sie denn nicht, dass Michael ihrem Accessoire zum Verwechseln ähnlichsah?

Ich zog Michael etwas näher an ich heran und versuchte der Frau zu signalisieren, dass wir kein Interesse an einer Kontaktaufnahme hatten. Aber da hatte Michael den toten Fuchs schon ins Visier genommen und demonstrierte sein Interesse mit einem Tänzchen auf zwei Beinen, um ihn besser sehen zu können. »Na kooomm zu Maama, zeig dich mir du Schöööner!«, säuselte sie Michael etwas vor.

Michael starrte noch immer auf die toten, herabbaumelnden Fuchsbeinchen, wusste aber noch nicht so recht, was er davon halten sollte. Die Frau griff mehrfach nach Michael, der ihr aber immer wieder geschickt auswich, den Fuchs mit seinem

Blick fixiert. Die ersten Passanten blieben stehen, stießen sich gegenseitig an und tuschelten. Ich schien nicht die Einzige gewesen zu sein, auf die das Schauspiel eine groteske Wirkung zeigte.

»Bitte, ich habe Bedenken, dass Sie meinen Hund mitnehmen und zur Mütze verarbeiten!«, sagte ich entschieden zu der Dame, die mir wahrscheinlich nicht zuhörte und deshalb nur laut lachte.

Jetzt versuchte Michael an ihr hoch zu springen und in die Beinchen des leblosen Körpers zu beißen. »Du willst spiiiiielen, du Schöööööner!«, lachte sie weiter und wedelte mit den Beinchen herum, um Michaels Spieltrieb zu fördern. »Nein!«, sagte ich entschieden und wusste noch nicht einmal, ob ich damit Michael oder die Frau gemeint hatte. Ich griff nach meinem Hund und trug ihn eiligen Schrittes aus dem Geschäft. Seinen Bruder ließen wir schweren Herzens zurück. Für ihn war es ohnehin zu spät.

VIRTUELLE MOMENTE

In Zeiten der Digitalisierung ist es sehr einfach, Kontakte zu anderen Hundefreunden jenseits des Parkbesuchs aufzubauen. Im Internet finden sich etliche Foren und Gruppen, denen man sich auf einfache Weise anschließen kann. Wir alle profitieren von der schnellen Informationssuche, denn anstatt eine Bibliothek aufsuchen und mühsam Literatur sichten zu müssen, reicht es aus, ein paar Buchstaben in die Suchleiste des Internetbrowsers einzutippen und einen Klick zu tätigen. Innerhalb von Sekunden treffen wir auf Lösungsvorschläge, nette Plaudereien und interessante Geschichten.

Wie alles im Leben hat aber auch die Online-Welt ihre Schattenseite. In der digitalen Anonymität getarnt, finden sich zum Beispiel sogenannte »Hater« (zu Deutsch »Hasser«), die ihren Zorn und ihre Missgunst in üblen Kommentaren freien Lauf lassen. Neben offenen Beschimpfungen, lassen sich auch mehr oder weniger gut verdeckte Angriffe enttarnen. Wo zunächst eine einfache Fragestellung die Diskussion eröffnet, regnet es plötzlich an Unterstellungen, und überflüssigen Nachfragen. Wo im realen Leben gerade noch

Freiheit und Gleichheit kundgetan werden, scheinen manche Menschen ihre guten Manieren beim Surfen vollständig vergessen zu haben. Für mich sind die Inhalte des Internet vielschichtig und manchmal fragwürdig. Manches finde ich erschreckend, manches hilft mir weiter. Und einiges finde ich zudem amüsant.

Da ich Michael gerne fotografiere, schaue ich mir oft Fotos anderer Hunde an. Manchmal lassen die einen oder anderen Fotografen gute Tipps springen, die mir im Umgang mit Michael und meiner Kamera sehr helfen. Bei der Durchsicht der neuesten Fotografien stieß ich auf ein Bild, auf welchem ein Hund zu sehen war, dessen Fell in hellen Blau- und Grüntönen erstrahlte. Die vielen Kommentare erregten meine Neugier und so las ich mir einen Teil der Mitteilungen durch. Zunächst bekundeten viele Nutzer des Portals, wie hingerissen sie doch von der Farbe des Haarkleides seien und wie süß der Hund doch aussehe. Aber dann meldete sich plötzlich eine Frau zu Wort, die ebenfalls ein Profil besaß und selbst auch einige Fotos von sich und ihrem Hund online stellte. Sie schrieb, dass sie sehr erschrocken über das Bild und die Kommentare sei, denn ein Hund müsse sich doch keiner Haarfärbung unterziehen. In ihren Augen grenze es an Tierquälerei, unnötige Chemikalien zum Einsatz zu bringen. Prompt eskalierte die Diskussion und es hagelte wüster Beschimpfungen.

»Leider ist es auch nicht schön dich anzusehen. Aber ich akzeptiere es, wie hässlich du bist und belästige dich deswegen trotzdem nicht!«

»Wer keine Liebe zu sich und anderen Lebewesen empfindet, der sollte am besten ärztlich ruhiggestellt werden.«

Ich habe Derartiges leider schon öfter lesen müssen, aber es erschaudert mich immer wieder aufs Neue. Jeder sollte das Recht genießen, sich frei äußern zu dürfen, ohne dabei den Malträtierungen seiner Mitmenschen zum Opfer zu fallen. So hervorragend es ist, in einem Land zu leben, in welchem zumindest vordergründig die Meinungsfreiheit herrscht – sie bedeutet eben auch, dass jeder Mensch dazu angehalten ist, die Meinung des anderen zu respektieren. Und so lange die Internet-User keine feindlichen Äußerungen tätigen, sollten manche Personen einfach lernen, auf einem reflektierten Niveau zu argumentieren und ihren wüsten Beschimpfungen Einhalt gebieten. Oft sind es doch gerade solche Menschen, die selbst Probleme bei der Bewältigung ihrer Herausforderungen im realen Leben haben und sich im Schutze der digitalen Anonymität nun so richtig ausleben. Das Internet macht´s möglich. Dies ist die eine Seite des World Wide Webs, die ich nicht sehr anziehend finde.

Früher surfte ich noch häufiger im Netz, um an lesenswerte Informationen rund um das Thema »Hund« zu gelangen. Dabei recherchierte ich nach allen erdenklichen Themen und bin nicht selten auf inspirierende Beiträge gestoßen. Wie beschäftige ich das Tier sinnvoll? Was kann ich tun, um eine besonders tiefe Bindung zu meinem Hund aufzubauen? Wie oft und wie lange sollte ein Welpe spazieren gehen?

In diesem Zusammenhang erinnere ich mich wieder an die Phase in Michaels und meiner Beziehung, die mich an den Rand der Verzweiflung brachte. Die Pubertät stellte uns damals auf eine harte Probe. Sobald sich ein Hund in weiter Ferne befand, sah ich von Michael nichts weiter als eine Staubwolke. Abrufen? Fehlanzeige. Schimpfen? Aussichtslos. Leckerchen? Dafür ist Michael nicht verfressen genug. Permanent anleinen? Der arme Hund.

Nach einem wochenlangen Kampf resignierte ich schließlich. Zutiefst enttäuscht gestand ich mir ein, dass Michael mich nicht liebte und keine Bindung zwischen uns bestand. Ich hatte krampfhaft versucht, alles richtig zu machen, aber mehr ging nicht. Es war niederschmetternd und wenn ich Michael ansah, wusste ich nicht so recht, was ich fühle sollte. Oder was ich zu fühlen erlaubt war.

In dieser Phase tiefer Enttäuschung von mir, meinen Fähigkeiten und Michaels unendlicher Starrköpfigkeit, traf ich während eines Spazierganges auf eine Bekannte, die das Fass zum

Überlaufen brachte. »Michael wirkt so besorgt und unglücklich. Ich sehe ihn nie entspannt! Vielleicht passt er nicht gut zu euch«, stellte sie taktlos fest, nachdem wir schon einige Zeit geplaudert hatten und sie Michael eigentlich durchgehend ignorierte. Dieser saß ausnahmsweise brav neben mir und wartete geduldig auf das Fortsetzen unseres Spazierganges. Manche Menschen bringen ein Gespür dafür mit, einem im perfekten Moment Salz in die Wunde zu streuen und fühlen sich dadurch möglicherweise selbst besser.

Nach außen spielte ich die Tapfere, aber innerlich brach es mir das Herz. Vielleicht hatte sie Recht? Vielleicht war ich tatsächlich die falsche Hundemama für meinen kleinen Michael? Ich zermarterte mir tagelang den Kopf, fühlte mich plötzlich von Michael sehr distanziert und stellte mir immer wieder die Frage, ob wir die richtige Entscheidung getroffen hatten, als wir den kleinen Hund zu uns holten. Was sollte ich bloß tun? Gegen meinen Willen eine Hundeschule aufsuchen? Das konnte ich mir nicht vorstellen. Weitere Menschen um ihre Meinung bitten? Vielleicht hätte mich das noch mehr verunsichert. Also entschied ich mich dazu, zuerst einmal Beiträge zum Thema »Bindung zwischen Hund und Mensch« im Internet zu sichten und hoffte darauf, dort auf Erklärungen und Tipps zu treffen, die mich weiterbringen würden.

Viele Blogeinträge waren interessant, passten aber nicht wirklich zu Michaels und meiner

Situation. An einem Artikel blieb ich schließlich doch hängen. Die Autorin setzte sich auf ihrem Blog damit auseinander, wie Junghunde manchmal den Kontakt zu ihren Besitzern verlieren, wenn sie sich im Übergang ihrer Lebensphase vom Welpen zum Junghund befinden. Sie schrieb, dass die Pubertät, ähnlich wie beim Menschen, in dem kleinen Hundeköpfchen für viel Wirbel sorge und Hunde so ziemlich alles in Frage stellen, was Frauchen und Herrchen ihm bislang denn alles so mühevoll beigebracht hatten. Es beruhigte mich zu lesen, dass dies nicht unbedingt etwas mit den Besitzern oder der grundsätzlichen Bindung zu tun habe, sondern die Pubertät einfach eine Lebensphase des Hundes sei, die Fragen aufwerfe und viel Ausdauer voraussetze. Ich war also nicht allein mit meinem Anliegen und so nahm ich mir vor, einen kleinen Test mit Michael durchzuführen, den die Autorin auch schon mit ihrem Vierbeiner erprobt hatte.

Ich füllte meine rechte Hosentasche mit einigen Leckerlis und ging allein mit Michael in einem unserer Lieblingswälder spazieren. Jedes Mal, wenn Michael während des Spaziergangs Blickkontakt zu mir aufnehmen würde, würde ich eines der Leckerlis von der rechten in die linke Hosentasche stecken. Auf diese Weise, so erklärte die Autorin, sollte ich dafür sensibilisiert werden, ob Michael mir tatsächlich abgewandt und desinteressiert gegenüber war oder ob wir doch in Kontakt standen.

Auch wenn es sich vielleicht albern anhören mag, legte ich so viel Hoffnung in diese Übung. Ich war sehr aufgeregt, als ich Michaels Leine löste. Ich hatte ihn abgesetzt und erklärte ihm noch schnell, dass er nicht weglaufen möge, bevor er schließlich loszischte. Er lief etwas umher, schnupperte mal hier und mal dort – und zack! Warf er mir einen intensiven Blick zu. Das erste Leckerli wanderte von der einen in die andere Hosentasche. Nur Sekunden später folgte der nächste Blick. Vor lauter Blicken konnte ich mich kaum retten und nachdem ich das letzte Leckerli innerhalb weniger Minuten in die linke Tasche gesteckt hatte, machte sich Erleichterung in mir breit. Nicht nur warf Michael mir Blicke zu, er kam auch immer wieder zu mir gelaufen und fragte ab, was ich vorhatte und wo ich entlang zu laufen gedachte. Das hatte ich bislang für so selbstverständlich erachtet, dass ich mir erst jetzt darüber im Klaren war, wie sehr wir zusammengehörten. Ich freute mich so ausgelassen, dass auch Michael freudig um mich herumlief und mit der Rute wedelte. »Den Rest bekommen wir auch noch hin!«, teilte ich Michael mit, woraufhin er mir ein aufmunterndes Schnauben schenkte.

Neben der Tatsache, dass Michael und ich sehr wohl ein gutes Team zu bilden schienen, wurde ich mir zweier Dinge bewusst. Erstens sollte ich nicht so schnell verzweifeln und mein Durchhaltevermögen weiter schulen. Wenn Michael sich mir in den Arm wirft und mir diesen verliebten

Gesichtsausdruck schenkt, weiß ich stets, dass sich jede einzelne Anstrengung gelohnt hat. Zweitens sollte ich stärker darauf achten, negativen Äußerungen anderer Menschen weniger Raum in meinem Leben einzuräumen. Kein Freund, kein Nachbar, kein Hundehalter und kein Hundetrainer, ist unfehlbar. Die Negativität anderer hat mich in meinem Leben noch nie weitergebracht. Viel effektiver komme ich voran, wenn ich mich mit Lösungswegen auseinandersetze, mit denen ich mich wohlfühle und mit denen auch Michael gut zurechtkommt, der im Übrigen keineswegs ständig besorgt und unglücklich lebt oder dreinschaut. Er hat einfach den Gesichtsausdruck eines Hundes.

Dank des Beitrages der Bloggerin, der im damaligen Moment so wertvoll für mich gewesen war, konnte ich wieder durchatmen und meine Bindung zu Michael sogar noch vertiefen. Auch so etwas macht das Internet also möglich.

Manchmal ist es gar nicht verkehrt, sich mit Gleichgesinnten zu vernetzen, auch wenn man diese nie persönlich zu Gesicht bekommt oder auch nur einen Hauch von Ahnung hat, mit wem genau man sich denn so interessiert auseinandersetzt.

Durch Zufall stieß ich vor etwa zwei Jahren auf eine Online-Gruppe, in welcher sich die Mitglieder über ihre Erfahrungen über die Themen »Hundeerziehung und -pflege« austauschten. Ich war der Auffassung, die Diskussionen bewegten sich auf einem gehobeneren Niveau, sodass ich Lust bekam, der Gruppe beizutreten. Unter den wenigen Beteiligten befand sich unter anderem eine erfahrene Züchterin, die mitunter sehr gute Tipps und Tricks zu allen möglichen Anliegen auf Lager hatte. Ich verfolgte den Verlauf aufmerksam, trat der Gruppe schließlich bei und stellte sogar die ein oder andere Frage. Es machte richtig Spaß, sich mit anderen Hundevernarrten auszutauschen, die in vielerlei Hinsicht Ahnung von der Materie zu haben schienen. Diese Meinung teilten offensichtlich auch andere Personen, denn im Laufe der Zeit wuchs die Anzahl der Gruppenmitglieder stetig. Viele brachten ihre Bekannten und Freunde in unseren kleinen Kreis der Geistreichen, kündigten dies sogar im Forum stolz an. Leider ließ sich damit eine deutliche Entwicklung feststellen, über die mich gar nicht freute. Je mehr Personen ihren Senf dazu gaben, desto fühlbarer nahm das Beitragsniveau ab. Anstelle informativer Inhalte fanden sich gehäuft schlecht belichtete Fotos von Hunden in allen erdenklichen und alltäglichen Situationen. Es wurde zunehmend schwieriger, ernstzunehmenden Diskussionsstoff auszumachen. »Süß« hier und »süß« da. Küsse und Herzen beherrschten den Chat und so drängte sich mir der Verdacht auf, dass sich viele Mitglieder nur noch um des Wortes Willen zu Wort meldeten. Ließen sich hier und da doch echte Gesprächsinhalte finden, so schienen sie mir zunehmend fragwürdig. Während ich mich zuerst über die Veränderungen ärgerte, wuchs allerdings mit jedem Post mein Interesse an diesen Menschen, die sich so eifrig mitteilten. Ich begann tatsächlich nach Beiträgen zu suchen, die mich, aus welchen Gründen auch immer, erheiterten. Vielleicht lag dies daran, dass ich mich nie als der typische Hundemensch unserer Moderne sah, der sich, wie auch viele Menschen im Park, gerne über jede Kleinigkeit unterhält, die der Vierbeiner den lieben langen Tag so treibt. Ich hatte angenommen, dass dies lediglich eine einfache Art der Kommunikationsaufnahme zwischen Fremden darstellte, doch nun lernte ich, dass sich manche Menschen tatsächlich so ausgiebig mit den Taten ihrer Hunde beschäftigten. Ich stolperte zum Beispiel über folgenden Inhalt, der sich ungefähr so abspielte:

»Es ist irgendwie komisch. Ich kann keinen Brief oder Zettel herumliegen lassen. Immer zerkaut und zerreißt mein Hund das Papier und hinterlässt einen riesigen Sauhaufen.«

Es folgte das Bild eines Wohnzimmers, in welchem sich hunderte kleiner Papierschnipsel befanden. Der Hund wurde in die Mitte des Bildes platziert, damit die Leser den Schuldigen auch sofort zu identifizieren vermochten. Zugegeben, hatte die Szene tatsächlich etwas Komisches an sich, denn der Hund blickte sehr unbesorgt und

freundlich in die Kamera. Keine Spur von Schuld-
gefühlen, wie man es auf anderen Bildern und Videos im Internet manchmal sieht. Nach dem Foto
hieß es weiter:

*»Ich weiß nicht mehr was ich da machen kann. Hat
jemand einen guten Rat für mich, damit ich wieder unbesorgt Briefe auf dem Tisch liegen lassen kann?«*

Was jetzt folgte war in meinen Augen das eigentlich Komische.

*»Da kann man nichts machen. Es liegt wohl an der
Rasse, denn meine beiden machen das auch ständig. Du
musst die Briefe und Zettel ganz weit nach oben in den
Schrank legen und die Schranktür am besten verschlie-
ßen. Ansonsten wird das nie etwas!«*

Ich war drauf und dran in die Gruppe zu schrei-
ben, die Damen mögen doch einfach ihre Hunde
körperlich auslasten und dann vielleicht noch ein
wenig erziehen. Wie ich schon betonte, bin ich
nicht die Königin der konsequenten Erziehung.
Aber Michael weiß genau, was ihm in unseren
vier Wänden gehört und was nicht. Darauf haben
wir immer großen Wert gelegt, sodass wir getrost
auch mal die Schokolade auf dem Couchtisch vergessen können und Michael würde sich daran
trotzdem nicht vergiften.

Auch interessant fand ich folgende Anfrage, die sich auf die Gewöhnung des Freilaufs bezog:

»Mein Hund ist jetzt 2,5 Jahre alt. Ich glaube, er kann bald freilaufen, wenn wir uns in einem überschaubaren Gebiet aufhalten. Ich kann mich aber nicht überwinden, die Leine zu lösen. Laufen eure Hunde frei?«

Der Erfahrungsbericht, der nun folgte, führte sicherlich nicht zur erhofften Entspannung der Fragestellerin.

»Wir sind auch fast so weit. Angefangen sind wir mit einer kurzen Leine und haben uns langsam gesteigert. Nach der Kurzleine kam eine 5, dann eine 10, eine 15 und jetzt eine 20 Meter Leine. Ich musste schon eine Kommode für den Hund kaufen, da ich seine mittlerweile 17 Leinen und sonstiges Zubehör gar nicht mehr unterbekommen habe. Ich denke, in Kürze mache die Leine mal ganz los. Dafür trainiere ich aber gerade noch die Festigung des Rückrufes mit einer Pfeife.«

Es ist die eine Frage, ob man aus allen Dingen dieser Welt einen Akt machen muss. Die andere ist, ob man dafür ganze siebzehn Leinen in einer eigens dafür angeschafften Kommode liegen hat und nicht auf die Idee kommt, ob dies nicht doch etwas übertrieben ist. Aber nicht umsonst hat die Haustierindustrie in Deutschland im Jahr 2018 einen Umsatz von 4,2 Milliarden Euro verzeichnet,

Tendenz sicherlich steigend. Wenn ich Futter für Michael kaufe, fällt mir immer mehr auf, wie sich unsere Tierbedarfswelt weiterentwickelt und auf die grenzenlose Liebe der Menschen zu ihren Hunden ausrichtet. »Doghurt – der Joghurt für den Dog« (englisch für Hund), Jacken und Westen für die kalten Tage, Swarovski besetzte Halsbänder. Vor kurzem baute das Geschäft, in dem wir unser Futter besorgen, eine Abteilung über einen längeren Zeitraum um. Ich war sehr gespannt darauf, was sich dort finden lassen würde, da ich generell gerne im Sortiment stöbere. Zu meiner Enttäuschung fand ich dort eine »Hunde-Fashion-Abteilung« vor. Kleidung für den Hund in allen erdenklichen Lebenslagen. Auf Kleiderbügeln.

In der Onlinegruppe meldete sich immer mal wieder eine Frau zu Wort, deren Posts mir etwas fragwürdig erschienen und über deren Inhalte ich mich schon öfter gewundert hatte. Aus heiterem Himmel erstellte sie Kommentare, in welchen sie sich selbst und ihren Hund namens »Sheriff« lobpreiste. Die Posts schienen insgesamt Verwirrung auszulösen, denn auch die anderen Mitglieder reagierten mit Ignoranz auf die wenig einfühlsamen Beiträge der Frau.

»Ich kann eure Probleme nicht nachvollziehen und bin froh darüber. Scheriff ist großartig. Lieb und selbstbewusst. Ein richtiger Mann.«

Das ist aber freundlich, vielen Dank für den aufschlussreichen Hinweis und den problemlösenden Beitrag! Herausgerissen ist diese Szene aus einer Diskussion, in der es ums Bellen im Hausflur und auf der Straße ging. Auch an anderer Stelle verschonte die Frau uns nicht mit ihren eigenwilligen Erkenntnissen über ihren Sheriff und die eigene Person.

»Meine Schwester liebt meinen Scheriff. Und er sie. Aber sie kann ihn nicht haben, denn er gehört mir. Sie braucht einen anderen, eigenen Hund, der auf sie hört. Scheriff braucht eine klare, führende, einfühlsame, durchsetzungsfähige, robuste und taffe Persönlichkeit an seiner Seite, die Hunde erziehen und verstehen kann. So wie mich.«

Eine sehr schöne Ausführung über die eigenen Fähigkeiten und Herabstufung der Kompetenzen anderer. Diese Aussage war übrigens komplett aus jeglichem Kontext herausgerissen und hatte nichts mit vorherigen Ausführungen zu tun. Es musste offensichtlich einfach nur mal gesagt werden, was gesagt werden muss.

In einem anderen Fall berichtete eine Frau davon, wie ihr Hund neuerdings eine Leinenaggression entwickelt habe, sobald ihnen große und in der Regel schwarze Hunde entgegenkämen. Sie könne sich nicht entsinnen, dass es zuvor zu einem ausschlaggebenden Zwischenfall mit einem großen schwarzen Hund gekommen sei und so wäre sie mittlerweile recht verzweifelt. Während einem seiner Wutausbrüche an der Leine, habe ihr Hund nicht zuletzt nach ihr geschnappt und eine blutende Wunde in ihrer Hand hinterlassen.

»Was soll ich bloß tun? Ich habe zwei Söhne, die ebenfalls mit unserem Hund ihre Runden drehen. Ich möchte nicht, dass sie oder andere zu Schaden kommen«, lautete ihre verzweifelt klingende Anfrage.

Ich hatte damit gerechnet, dass nun etliche Erfahrungsberichte in Verbindung mit überdurchschnittlich guten Hundeschulen und Trainings folgen würden. Doch noch bevor es losging, meldete sich ein Mann zu Wort, dessen Ratschlag ich zu einem meiner Lieblingsratschläge des Jahres kürte.

»Meine Hündin hat vor sechs Monaten ein Verhalten entwickelt, das ich mir ebenfalls nicht erklären kann. Sobald meine Freundin und ich uns mittags an den Küchentisch setzen und essen möchten, greift meine Mila uns an. Sowohl meine Freundin als auch ich, haben bereits Bisswunden davongetragen. Während des Frühstücks und Abendessens zeigt Mila dieses Verhalten nicht. Und weil sie sonst so ein toller Hund ist, haben wir entschieden, sie so zu nehmen, wie sie ist. Wir essen deswegen mittags jetzt immer im Stehen, damit Mila sich nicht so aufregt. Sie merkt sogar durch die geschlossene Tür, wenn wir uns hinsetzen.

Irgendwie muss man ja immer Kompromisse in einer Beziehung finden. Deswegen solltest auch du dir überlegen, ob es unbedingt sein muss, deinen Hund zu dressieren und umzuerziehen, wenn dies doch sein Charakter ist.«

Ich bin mir nicht einmal sicher, ob ich dazu noch etwas sagen möchte. Ich würde es auf jeden Fall tunlichst vermeiden, dem Ratschlag oder geschweige denn, einer Einladung zum Essen in das Haus dieses Mannes zu folgen.

Ein weiterer Fall betraf mich in gewisser Weise persönlich. Vor einiger Zeit beschäftigte ich mich mit einer Hundeliteratur, die nicht auf ein Training des Hundes ausgerichtet, sondern sich vor allem mit dem Verständnis und der Akzeptanz der individuellen Hundepersönlichkeit auseinandersetzt. Ich fand diesen Ansatz ansprechend und versuchte sogleich, einige Anregungen im Umgang mit Michael umzusetzen. Und tatsächlich hatte ich das Gefühl, Michael reagiere sehr gut auf diese einfühlsame, körperbetonte und wortkarge Kommunikation. Als eine Frau eines Tages schrieb, sie habe Probleme mit der beachtlichen Bellfreude ihres Hundes und wisse einfach nicht mehr weiter, schlug ich vor, sie könne sich kostenfrei diverse Onlinevideos der Buchautorin zum Thema Hundepersönlichkeit und einem akzeptanzorientierten Umgang ansehen sowie sich in den Literaturwerken schlau machen. Michael und ich hatten in Bezug auf sein Mitteilungsbedürfnis bereits Fortschritte erzielt, wie ich stolz mitzuteilen wusste. Eine weitere Frau schrieb, sie habe ebenfalls alle Bücher gelesen und sei begeistert von dem neuen Blickwinkel, den sie dadurch gewonnen habe. Die erste Frau bedankte sich und gab an, sich zunächst die Videos ansehen zu wollen. Alle waren glücklich, bis auf zwei weitere Frauen, die seit dreißig Jahren Hundeschulen aufsuchen und neben dem reinen Hundetraining nichts anderes gelten lassen möchten. Folgende Reaktionen auf unseren Austausch folgten prompt:

»Redet ihr da von dieser esoterischen Tante, die gar keine Ahnung von Hundeerziehung hat? Das funktioniert gar nicht, sucht euch lieber mal eine vernünftige Hundeschule. Alles andere ist herausgeworfenes Geld.«

»Was die Frau da erzählt, ist alles viel zu lasch und unterliegt gar keiner Methode. Hunde brauchen klare Ansagen und regelmäßiges Training. Du musst dich richtig durchsetzen und dem Hund klare Grenzen aufzeigen. Sonst wird das nie was.«

Ich kann nur immer wieder betonen, wie schade ich es finde, wenn Menschen die Meinungen, Interessen und Wünsche anderer nicht neben der ihren Bestand haben lassen können. Niemand zwingt diese Frauen, die Literatur zu sichten und so muss auch ich keine Hundeschule besuchen. Wir alle müssen nicht, wir können. Und so könnte ich die Online-Chatgruppe verlassen. Ich tue es aus einem mir manchmal selbst nicht nachvollziehbarem Grund aber nicht.

WIR DRÜCKEN DIE SCHUL-BANK

Ich war skeptisch. Ich war gespannt. Und ich kam nicht umhin meine Neugier zu stillen. »Michael und ich werden die Schulbank drücken«, erklärte ich meinem Mann eines guten Tages.

Er sah mich verständnislos an und überlegte, was ich damit gemeint hatte. »Ich melde uns jetzt in einer Hundeschule an!«, verkündete ich begeistert.

Die darauf erhoffte Reaktion fiel leider etwas nüchtern aus, brachte mich aber nicht aus der Fassung. Schließlich war ich mir dessen bewusst, dass mein Mann noch mehr als ich, ein überzeugter Nicht-Hundeschul-Gänger war. Er fragte mich, wie ich darauf komme, denn eigentlich lief es doch mittlerweile sehr gut mit unserem kleinen Michael. Ich war der Meinung, eine professionelle Unterstützung könnte uns guttun, denn es gab noch immer die ein oder andere Situation, in der ich das Gefühl hatte, nicht alles unter Kontrolle zu haben. »Solange ich rausgehalten werde, ist mir egal, was ihr beide macht«, erklärte mein Mann

Michael und mir. Damit war die Entscheidung gefallen.

Nachdem ich in der Vergangenheit bereits
schlechte Erfahrungen mit der Anmeldung an einer Hundeschule machte, nahm ich mir vor, im
Park das Gespräch zu Hundeplatzerfahrenen zu
suchen. Wer kannte eine gute Hundeschule? Und
welcher Philosophie unterlagen die dort angebo-
tenen Methoden? Noch war ich mir gar nicht sicher, was ich suchte. Mein Erziehungsstil und
Umgang mit Michael war immer sehr individuell
und so konnte ich uns nie einer bestimmten Trai-
ningsart zuordnen.

Im Park traf ich zum Glück schnell auf die erhofften Informanten und so dauerte es nicht
lange, bis ich verschiedene Erfahrungsberichte
einholen konnte, die mir dabei halfen, meine
Wünsche besser eingrenzen zu können. Wie ich
bald feststellte, sind wir als erfahrene Nicht-Hun-
deschulgänger nahezu eine Rarität in unserer
Stadt, sodass fast jeder Gesprächspartner Tipps zu
geben wusste.

Ein junger Mann, dessen Beagle begeistert mit
unserem kleinen Michael spielte, berichtete nur
allzu gern von seiner Erfahrung mit einer der
zahlreichen Hundeschulen aus der Umgebung.
Seine Freundin war der Meinung, eine Schule aufsuchen zu müssen, da Beagle zu Starrköpfigkeit
neigen und sich aufgrund ihres außerordentlich
guten Geruchssinnes gerne vergessen. Auch der
eigene Hund zählte zu den Spurensuchern,

weshalb sie schließlich Kontakt zu einer Trainerin aufnahm, welche ein persönliches Erstgespräch empfahl. Hier sollten die Vorstellungen und Ziele der Besitzer festgehalten und geklärt werden, in welchem Kurs der Hund gut aufgehoben sein würde. So weit, so gut. Dass das Gespräch kostenpflichtig war, verheimlichte die Freundin ihrem Lebensgefährten zunächst, doch später fand er heraus, dass ganze achtzig Euro für die fünfundvierzigminütige Erstberatung geflossen seien.

Im Anschluss setzte die Trainerin mindestens eine Einzelstunde voraus, um das Tier im Umgang mit seinen Besitzern zu beobachten und den Kontakt zu anderen Hunden beurteilen zu können. Es war nicht so, als habe der Mann den Sinn dieser Vorgehensweise nicht verstanden. Es ist lobenswert, das Verhalten eines Hundes und seiner Besitzer einzuschätzen und für prophylaktische Sicherheit auf dem Hundeplatz zu sorgen. Schließlich möchte niemand, dass der eigene Hund andere Hunde attackiert oder selbst Opfer einer Attacke wird. Der junge Mann konnte allerdings nicht verstehen, warum die Einzelstunde zur Wesenseinschätzung weitere einhundert Euro kosten sollte. Seine Freundin setzte sich durch, motiviert und sicher, dass die Trainerin professionell arbeite und es ernst mit ihnen meinte.

Nach der besagten Einzelstunde kam die Ernüchterung. Der Beagle sei zwar umgänglich, ließe sich aber nicht abrufen. Das sei auf dem Hundeplatz nicht erwünscht, sodass weitere

Einzelstunden nötig seien. Der Mann erklärte der Hundetrainerin, dass die beiden anlässlich dieses Grundes am Gruppenunterricht teilnehmen wollten. Da von dem Hund keinerlei ernsthafte Gefahr oder Schwierigkeiten auszugehen drohten, konnte er ihr Angebot nicht nachvollziehen und so stellte er sich quer. Dieses Mal setzte er sich gegen seine Freundin durch und brach den Kontakt zu der Trainerin ab.

Während der Mann sein Erlebnis schilderte, betrachtete ich nachdenklich seinen Beagle, der hellauf begeistert mit Michaels Wurfball davon flitzte und große Freude dabei empfand, dass ein kleiner orangener Blitz versuchte, ihm den Ball wieder abzunehmen. »Vielen Dank für den Erfahrungsbericht. Ich kann nicht einschätzen, ob die Frau besonders professionell arbeitet oder nur außergewöhnlich viel Geld für ihr Angebot fordert. Ich werde mir eine andere Schule suchen«, schlussfolgerte ich und brachte dem Mann Verständnis entgegen.

Bei meinen weiteren Recherchen fand ich heraus, dass eine der Hundeschulen wöchentlich in einem öffentlichen Park trainierte, der am Rande der Stadt lag. Ich fand das sehr ansprechend, denn das Training spielte sich in einer für den Hund natürlichen Umgebung ab und konfrontierte ihn mit alltäglichen Reizen. Deswegen schaute ich mir den Trainingsplan im Internet genauer an und ging mit Michael an einem der besagten Tage in ebendiesem Park spazieren. Wenn sich eine solche Gelegenheit schon bot, wollte ich mir das Schauspiel gerne aus nächster Nähe ansehen.

Ohne dabei besonders auffällig wirken zu wollen, hielt ich Ausschau nach einer Menschenansammlung mit Fellanhang. Ich ließ meinen Blick gezielt desinteressiert durch die Gegend schweifen und dachte darüber nach, meine Profession wechseln zu können und mich zukünftig als Privatdetektivin für alle Lebenslagen anzubieten. Vielleicht wäre ich damit sogar recht erfolgreich, denn nach einigen Minuten entdeckte ich die Gruppe, die sich abseits des Weges zwischen die angrenzenden Bäume und Gebüsche zurückgezogen hatte. Das mussten sie sein! Warum sie im grünen Dickicht und nicht auf der angrenzenden Wiese standen, erschloss sich mir nicht so richtig, aber die neugeborene Detektivin in mir war gewillt, dies herauszufinden.

Michael und ich schlenderten unauffällig und dennoch zielstrebig auf die Gruppe zu, um schließlich einen recht engen Bogen an ihnen vorbei einzuschlagen. Ein Mann nahm Blickkontakt zu mir auf, woraufhin ich ihm wiederum ein freundliches Lächeln schenkte. Er grinste zurück und sah dabei nicht mich, sondern den kleinen Michael an. Das kannte ich ja schon. Alle liebten Michael. So langsam wie möglich schlenderte ich weiter, doch Michael zog plötzlich an der Leine. Ich wandte mich ihm zu und sah, dass er im Begriff war, unmittelbar vor der Gruppe sein Geschäft zu verrichteten. Das war wohl der Grund,

warum auch der Mann so schelmisch dreinge-
schaut hatte. Es ist schon erstaunlich, wie Hunde
es immer wieder schaffen, einen ordentlichen
Strich durch die fein säuberlich ausgeklügelte
Rechnung zu machen, denn nun zog Michael wesentlich mehr Aufmerksamkeit auf uns, als mir
lieb gewesen war.

Unmittelbar darauf fing auch noch einer der
Hunde sehr aggressiv an zu bellen. Ich drehte
mich beschämt zur Gruppe und entschuldigte
mich für das schlechte Timing. Ein Mann, der keinen Hund bei sich hatte, setzte sich in Bewegung
und bäumte sich vor mir auf. »Das macht nichts
und kommt uns sogar sehr gelegen. Ich bin der
Hundetrainer und habe hier alles im Griff«, erklärte er voller Stolz und wenig sympathisch.

Mein Blick wanderte zu dem Hund herüber,
der sich mittlerweile zu strangulieren drohte, so
sehr zog und riss er an der Leine, knurrte und
bellte abwechselnd. Zu meinem Erstaunen handelte es sich um einen sogenannten Listenhund,
den man in unserem Bundesland selten sieht. Es
handelte sich bei dem Tier um einen Junghund
von einigen Monaten, der anscheinend schon jetzt
mit Aggressionen zu kämpfen hatte. Am anderen
Ende der Leine hing ein sehr junger Mann, der besorgt und hilflos wirkte. Seine ebenfalls sehr junge
Freundin, die dicht bei ihm stand, blickte hilfesu-
chend zwischen ihrem Hund und dem Trainer hin
und her. »Und wie gehen Sie jetzt damit um, dass
dieser Hund meinen Hund am liebsten an die

Gurgel gehen würde?«, fragte ich den Hundetrainer, der anscheinend so viel Wert darauflegte, dass man ihn als solchen auch wahrnahm.

Er blickte überrascht und dann verärgert auf Michael hinab. Der flippte unterdessen ebenfalls aus und bellte lautstark, wohlwissend, dass sein Leben gerade durch einen Staffordshire Terrier in Gefahr war. »Wenn Ihrer hier so einen Lauten macht, dann bellt der da vorne eben auch. Der mag keine Hunde mit abstehendem Fell und Stehohren«, versuchte der Mann das Problem auf mich abzuwälzen.

»Mein Hund bellt doch nur, weil er sich bedroht fühlt und das auch zu Recht. Würde ich nicht seinen natürlichen Überlebensinstinkt unterdrücken, wenn ich ihn nun maßregelte?«, fragte ich den Trainer.

Meine Entgegnung hört sich auf den ersten Blick vielleicht besserwisserisch an, aber es ging mir ja schließlich darum, eine geeignete Hundeschule zu finden und so musste ich diese Situation einfach auskosten. »Waren Sie schon in einer Hundeschule? Ihr Hund bellt ebenfalls ganz schön aggressiv«, konterte der Trainer und betrachtete mein aufgeregtes Ende der Leine. Sein abschätziger Blick entging mir nicht.

Es gibt genau einen Hund, auf den Michael tatsächlich aggressiv reagiert. Bei diesem handelt es sich um einen Eurasier, der irgendwo in der Nachbarschaft lebt und den wir ab und zu beim abendlichen Rundgang durch die Häuserreihen treffen. Dieser wiederum ist seinerseits schlecht auf Rüden zu sprechen und Michael hat sich über die Monate in die Zusammentreffen hineingesteigert. Ich kenne Michael mittlerweile sehr gut und kann unterscheiden, ob es sich um ein aggressives, freudiges, forderndes oder sonstiges Bellen handelt. Und im Falle des Staffordshire Terriers handelte es sich keineswegs um ein aggressives, sondern ein angstvolles und unsicheres Bellen. Offensichtlicher konnte ich seine Angst zudem daran erkennen, dass er sich hinter meinen Beinen versteckte, was er aufgrund seines extravertierten und recht autonomen Charakters selten tat.

Ohne auf seine Nachfrage einzugehen sagte ich dem Trainer, ich müsse nun den Kotbeutel entsorgen und wünschte allseits ein gutes Gelingen. Wenn der Trainer die Hundesprache nicht verstand, war ich auch nicht bereit meine Energien in eine Zusammenarbeit zu investieren.

Im Fazit hatte ich nun also von einer Hundeschule gehört, die etwas überkandidelt nach etwaigen Verhaltensabweichungen des Tieres suchte und einer anderen, die einen aggressiven Hund im Gruppensetting betreute, aber keine konstruktiven Lösungsvorschläge unterbreitete, sondern den Vorfall auf unschuldige Zivilisten abzuwälzen versuchte. Ich gab die Suche trotzdem nicht auf und war mir sicher, dass wir irgendwann schon die richtige Schule finden würden. Doch bevor dies geschehen sollte, erlebte ich noch eine weitere, interessante Begegnung, die mich zugleich irgendwie traurig machte.

Ich begegnete der Frau im Wald an einem schönen Frühlingstag, ihren kleinen Hund führte sie an der Leine. Michael, der wiederum nicht an der Leine war, hüpfte dem Hund freundlich entgegen. Die Frau schien von der panischen Sorte zu sein und wäre samt Hund am liebsten unsichtbar geworden, um der Situation zu entgehen. Sie blieb geschockt stehen und zog die Leine immer höher, sodass ihr Hund gerade noch auf seinen zwei Hinterpfoten baumelte. Sofort verfiel der kleine, braune Rüde in ein panisches Bellen. Michael blieb irritiert stehen. Die Frau atmete laut und heftig, Tränen stiegen in ihre Augen. Sie blickte mich verzweifelt an, flehte quasi darum, dass ich Michael schnellstmöglich einfangen und einen sehr großen Bogen um sie herum gehen würde. Die Frau tat mir leid und ich überlegte, was ich tun sollte. Hatte Michael erst einmal Interesse an einem anderen Hund oder einer Situation gefunden, war es sehr schwierig, ihn einzufangen. Jeden Schritt, den ich gehen würde, würde auch er gehen. Er war mir schon fünf Schritte voraus, sodass er die Frau samt Hund auf jeden Fall vor mir erreichen würde. Die Lage war verzwickt und ich musste mich auf Michaels und mein Einschätzungsvermögen verlassen.

»Setzen Sie ihren Hund ab und atmen Sie. Es wird weder Ihnen noch Ihrem Hund etwas passieren«, versuchte ich die Frau zu beruhigen und mich irgendwie aus der Affäre zu ziehen, denn schließlich war ich ja nicht dazu in der Lage war, meinen Hund ordentlich abzurufen.

Nach einigem Hin und Her ließ die Frau ihren verkrampften Arm nieder und ihrem Hund wieder Luft zum Atmen. Der kleine war völlig außer sich, bellte und drehte sich um die eigene Achse. Michael war wie erstarrt. So eine Show bekam er schließlich nicht alle Tage geboten und deswegen wusste er nicht mit ihr umzugehen. Nach einiger Zeit setzte er sich schließlich in Bewegung und ging selbstbewusst auf den kleinen Angsthasen zu. Die Frau schrie. »Warum schreien Sie? Es kann nichts Schlimmes passieren, die Hunde wiegen zusammen keine zehn Kilo!«, rief ich der Frau zu und lachte aufmunternd.

Sie hielt erneut inne. Ihr Hund und Michael kamen sich immer näher und ich ging davon aus, dass die Frau in den kommenden Sekunden in Ohnmacht fallen würde. Es muss wie ein Wunder auf sie gewirkt haben, denn als Michael und den kleinen braunen Hund nur noch Zentimeter trennten, herrschte endlich Stille. Erst beschnupperten sich beide aus der Distanz, dann kamen sie sich langsam näher und schließlich beschnupperten sie sich von allen Seiten und Enden, so wie es sich für anständige Hunde eben gehört. Zu guter Letzt setzten beide zum Spiel an. »Lassen Sie jetzt die Leine fallen und Sie haben den glücklichsten Hund der Welt«, sagte ich lachend.

Die Frau tat wie geheißen, traute sich aber kaum hinzusehen. Nun ging auch ich endlich auf sie zu und wie es zwischen Hundebesitzern häufiger der Fall ist, kamen wir ins Gespräch. Wir schlenderten die Waldwege entlang und sie erzählte mir viel über ihre Ängste. Als Jugendliche sei von einem Hund gebissen worden und in der Tat sah man ihre Narben am Arm noch deutlich. Da sie sich in ihrem Leben stark eingeschränkt fühlte, nahm sie eine Therapie gegen ihre Ängste auf, die sie mehr oder minder erfolgreich abschloss. In der Annahme, ein eigener Hund könne ihre übrigen Bedenken und Unsicherheiten ausgleichen, legte sie sich schließlich einen Vierbeiner zu. Während sie ihrem eigenen Hund nun blind vertraute, verschlimmerte sich ihre Angst im Kontakt zu anderen Hunden jedoch noch mehr. Jetzt musste sie nicht nur die Sorge um ihr eigenes Wohlergehen tragen, sondern auch noch für ihren geliebten Begleiter. Durch ihre Panik war sie nicht imstande, »hinzusehen«. Sie war so blockiert, dass sie sich keine Zeit nehmen konnte, den Hund wahrzunehmen und zu begreifen, was ihm guttat und was nicht.

Die Frau war mir sehr sympathisch und ich hatte während unseres Gespräches Mitgefühl entwickelt, sowohl für sie als auch für ihren kleinen Hund. In einer Sache, so stellte ich fest, kamen wir allerdings nicht überein. Auffallend häufig sprach sie von den Ratschlägen ihrer Hundetrainerin, die sie hundertprozentig und blindlings umzusetzen versuchte, ohne eine Situation selbst einzuschätzen und die Konsequenzen aus dieser abzuleiten. Es war, als gebe sie in allem was sie tat die Verantwortung an eine andere Person, die für den Moment aber nicht mit von der Partie war. Sie machte sich auch keinerlei Mühe nach Alternativen zu suchen, die gut zu ihr oder ihrem Hund passten. In der Stunde, die wir gemeinsam verbrachten, raubte es mir den letzten Nerv.

»Meine Hundetrainerin sagt, wenn sich mein Hund bedrängt fühlt, muss ich ihn beschützen«, erklärte sie mir.

Unsere Blicke fielen auf die beiden Hunde, die konzentriert liefen und im Stillen miteinander kommunizierten. Der kleine Braune schien etwas in der Ferne wahrgenommen zu haben und blieb aufgerichtet und horchend stehen. Michael bemerkte die zielgerichtete Aufmerksamkeit des Hundes und erkundigte sich am dessen Hinterteil, ob denn nun ernstzunehmende Gefahr drohte. Es schien sich um nichts Nennenswertes zu handeln, sodass sich beide gerade erneut ihrer Lebensaufgabe der Waldbodenerkundung widmen wollten, als die Frau plötzlich auf die beiden zuschoss und wild gestikulierte. »Wuuuaaaaah!«, brüllte sie dabei in einem tiefen Ton und erntete sogleich allseits empörte Blicke.

»Meine Hundetrainerin hat gesagt, dass mein Hund sich bedrängt fühlt, wenn ein anderer an seinem Hinterteil schnuppert. Das unterbinde ich«, erklärte sie mir in einem ernsten Tonfall.

Beim besten Willen konnte ich mir nicht vorstellen, dass eine Hundetrainerin auf dieser Welt dieser Frau so etwas beigebracht haben konnte. Alles was sie damit erreichte, waren verschreckte Hunde, die sich unverstanden und gestört fühlten. Um die Frau nicht weiter zu verunsichern, ließ ich die Situation unkommentiert, wohlwissend, dass sie ihrer Hundetrainerin ohnehin mehr Vertrauen schenkte als einer fremd dahergelaufenen Person.

Wir erreichten schließlich eine weitflächige Wiese und die Frau teilte mir mit, dass sie ihren Hund nun lieber wieder an die Leine nehme. Zu groß sei ihre Sorge, dass er weglaufen könne. Ich verstand dies als Aufforderung, der ich nachkam, indem ich Michael ebenfalls an die Leine nahm. Dies wiederum bereute ich sogleich im nächsten Moment. »Meine Hundetrainerin sagt, der Hund darf nicht auf der rechten Seite laufen«, wies die Frau mich zurecht.

»Michael und ich haben keine festen Seiten. Er darf und kann auf beiden Seiten laufen, ganz so, wie es mir gerade besser gefällt«, entgegnete ich.

»Aber meine Hundetrainerin sagt, dass das so nicht darf«, sagte sie.

»Es ist also strikt und per Gesetz verboten, dass ich meinen Hund an der rechten Hand führe?«, fragte ich sie mit dem Hintergedanken, sie möge selbst darauf kommen, wie absurd diese Forderung war.

»Das weiß ich nicht…«, stammelte sie etwas überfordert.

»Dann informiere dich doch mal, warum man Hunde in der Regel auf die linke Seite nimmt«, schlug ich ihr vor.

Sie nickte und erklärte mir noch einmal, dass ihre Trainerin das immer sage und sie es deswegen auch so mache. Zu welcher Trainerin sie denn gehe, fragte ich sie. Sie nannte mir den Namen und erzählte, dass es sich um eine hervorragende Trainerin handle, die eigentlich Polizeihunde für den Dienst züchte und trainiere. Sie habe die Trainerin in ihrer Verzweiflung angesprochen, denn Polizeihunde seien ja stets hervorragend ausgebildet, erklärte sie mir.

Keine Ahnung, wie die Frau die Trainerin mit ihrem Anliegen von sich überzeugte, aber sie nahm sich des Falls tatsächlich an. Allerdings, so erzählte die Frau, habe diese ihr direkt klar gemacht, dass sie keine Menschenpsychologin sei und nur dem Hund helfen könne.

Wie sich herausstellte, kam die Trainerin bestens mit dem Hund zurecht und das Bellen an der Leine stellte kein Problem dar. Sobald aber die Besitzerin sich dem Hund wieder annahm, begann das Gezerre und Gebelle wieder von vorn. Nun dürfte man sich darüber im Klaren sein, dass das Problem im Verhalten der Frau lag, die mit ihrer Panik dem Hund ständig suggerierte, eine ganz schreckliche Gefahr sei im Anmarsch. Das Training hätte also mit der Frau durchgeführt werden müssen, da ihr Hund ja offensichtlich kein Problem mit seinen Artgenossen hatte. Die Trainerin aber bot an, den Hund zwei Wochen zu betreuen und der Besitzerin am Ende einen fertigen Hund zu überreichen. Der Hund würde sich in dieser Zeit einem straffen Trainingsplan unterziehen und sodann keine Verhaltensauffälligkeiten mehr zeigen. Wie viel sie dafür bezahlte, wollte ich wissen und kippte fast vornüber, als sie mir die Summe nannte. Zweitausendfünfhundert Euro. Eine Unverschämtheit.

Fast hatte ich mich schon wieder dafür entschieden, den Feinschliff von Michaels Erziehung selbst in die Hand zu nehmen, als ich im Internet dann doch noch fündig wurde. Ich stieß auf eine Hundeschule, die etwas weiter entfernt, mit dem Auto aber noch gut zu erreichen war. Auf der Homepage wurde mit wenigen Worten sehr verständlich dargestellt, was Ziel der Angebote war. Der Gruppenunterricht zielte auf ein reines Training ab, was zwar meiner Beziehung zu Michael nicht ganz entsprach, ich aber als Ergänzung annehmbar fand.

Ich nahm Kontakt zu der Trainerin auf und wurde zu meiner vollsten Zufriedenheit eingeladen, mir eine Trainingsstunde ohne Begleitung meines Hundes anzusehen. Auf diese Weise würde die Gruppe nicht unnötig abgelenkt. Nachdem mir gefiel, was ich sah, durfte ich in der

Woche darauf mit Michael gemeinsam an einer Trainingseinheit teilnehmen. Alles kostenfrei!

Mit der Trainerin besprach ich mein Anliegen, an welchem ich gerne mit Michael arbeiten wollte. Ich konnte mir nicht erklären, warum Michael mit ein, zwei und manchmal auch drei Hunden prima zurechtkam, aber sobald es darüber hinaus ging, attackierte er seine Artgenossen regelrecht. Es passierte nie etwas, da die anderen Hunde zu merken schienen, dass es sich nicht um Aggressionen handelte, sondern um irgendetwas anderes. Aber ich war natürlich immer in Sorge, dass eines Tages etwas passieren könnte. Mit seinen dreieinhalb Kilogramm ist Michael leicht anfällig für Angriffe. Im Park fühlte ich mich gedemütigt, denn während die anderen Hundebesitzer nett beisammenstanden und ihren Hunden beim Rangeln und Spielen zusehen konnten, war ich gezwungen, Michael zu maßregeln und das leider ohne Erfolg.

In der ersten gemeinsamen Trainingsstunde waren die Trainerin und ich verblüfft. Michael bewältigte seine Aufgabe, als wäre er schon immer Teil der Gruppe gewesen. Schon nach kurzer Zeit konnten wir die Leinen lösen und die Übungen im Freilauf durchführen. Michael blieb an meiner Seite und gehorchte auf alle Kommandos. Die einzigen Fehler, die aufgedeckt wurden, waren die meinigen.

Ich war es nicht gewohnt, Michael mit Leckerchen zu versorgen und so stellte ich mich sehr unbeholfen damit an. »Sie halten das Futter in der falschen Hand! Wenn Sie es in der rechten Hand halten, während der Hund auf der linken Seite läuft, versucht er es zu sehen und stellt sich Ihnen in den Weg!«, rief die Trainerin mir zu.

Und tatsächlich kam ich regelrecht ins Stolpern, da Michael sich immer wieder eindrehte und versuchte die Seite zu wechseln, um dem Leckerchen ein wenig näher zu sein. Wenn wir stillstanden, begann Michael häufig zu jammern und zu bellen. Ich maßregelte ihn und erhielt unmittelbar die zweite Abmahnung. »Sie schenken dem Hund zu viel Aufmerksamkeit. Sie sollten dieses Jammern ignorieren, denn Michael geht es gerade nur darum, Ihre Aufmerksamkeit zu ergattern. Ihm ist es egal, ob diese positiv oder negativ ausfällt. Üben Sie das zu Hause!«, erklärte die Trainerin mir.

Ich war verblüfft, denn ich wäre niemals darauf gekommen, dass Michael auch gerne negatives Feedback einsteckte, solange es eben Feedback war.

Zu Hause übte ich, Michael weniger Aufmerksamkeit zukommen zu lassen und hielt auch meinen Mann dazu an. Wie sich herausstellte, war nicht ich diejenige, die Michael unentwegt Aufmerksamkeit schenkte. Vielmehr neigte mein Mann dazu, Michael nach Strich und Faden zu verwöhnen. »Der Hund jammert. Vielleicht muss er in den Garten?«, fragte er mich dann.

Meistens musste er das nicht und ich war mir oft deswegen so sicher, weil wir gerade erst von einem ausgiebigen Spaziergang zurückgekehrt waren. Passte ich nicht auf, hörte ich, wie sich trotzdem die Terrassentür öffnete und Michael unnötigerweise seinen Willen bekam.

Ich fand es damals sehr spannend, unsere Erziehung noch einmal zu hinterfragen und dabei auf den Rat einer Fachfrau zurückzugreifen. Motiviert besuchte ich weitere Male die Trainingsstunden in der Hundeschule, aber Michael entschied sich schon bald dazu, mir einen Strich durch die Rechnung zu machen. Je wohler er sich in der neuen Hundegruppe fühlte, desto mehr stieg sein Selbstvertrauen an. Und damit begannen unsere Problemchen, mit denen wir es auch im Alltag zu tun hatten.

Michael wies die großen Hunde vehement in ihre Schranken und vergaß dabei seine körperliche Unterlegenheit scheinbar völlig. Gerieten zwei große Hunde aneinander, stürzte er sich wagemutig dazwischen und kassierte gerne auch mal eine Rüge. Während der Übungen bog er immer wieder ab und markierte verschiedene Stellen auf dem Trainingsplatz, die ich im Anschluss mit Wasser reinigen musste, damit nicht auch die anderen Hunde anfingen, die Stellen zu markieren. Es war frustrierend und ich suchte verzweifelt den Rat der Trainerin.

Sie verwies darauf, dass Michael wohl kastriert werden müsse, da sich ein solch typisches »Rüdenverhalten« ansonsten kaum einstellen ließe. Wir wollten trotzdem nichts unversucht lassen, denn ich hatte nicht vor, Michael einer Kastration zu unterziehen und so besorgte die Trainerin sich »Klapperschellen für Trainingszwecke«, mit denen sie mich in meinen Kommandos unterstützen und den Störenfried in Zaun zu halten versuchte.

Es handelte sich dabei um einen Ring, an welchem dünne Metallplättchen angebracht waren. Wenn Michael sich unkonzentriert zeigte und gerade einen anderen Hund anrempelte, setzte sie die Schelle ein, warf sie in Michaels Nähe und gab ein deutliches, verneinendes Kommando. Michael erschrak und wandte sich der Situation schnell ab. Ich fragte mich, warum ich nicht eher auf diese Idee gekommen war und freute mich, dass Michael so gut auf diesen simplen Gegenstand zu reagieren schien. Doch noch hatte ich nicht mit der Vehemenz der Trainerin gerechnet, denn was harmlos begann, mündete in einer unangenehmen Erfahrung.

Die Trainerin war eine dominante Frau, die sehr hundeerfahren war. Zu Anfang gefiel mir ihre direkte und wenig blumige Art ganz gut, denn ihre Äußerungen waren unmissverständlich und so wusste auch ich als blutige Anfängerin, was ich zu tun und zu lassen hatte. Aber ab einem gewissen Punkt fragte ich mich, ob die Frau sich darüber im Klaren war, dass es sich um eine Dienstleistung handelte, die sie erbrachte und wir zu ihrem Kundenstamm gehörten, den sie anständig zu behandeln hatte.

Es mag Menschen geben, die mit unsensiblen Äußerungen gut leben können, aber ich zähle leider nicht dazu. Insbesondere dann nicht, wenn ich für etwas bezahle und meine Freizeit angenehm zu gestalten versuche. Es donnerten immer häufiger Ansagen über den Platz, über die ich mich zu wundern begann. »Haben Sie Bohnen auf den Ohren, oder was?!« und »Zuhören, liebe Frau, zuhören! Wenn Sie es nicht schaffen meine Anweisungen zu befolgen, wie soll ihr Hund das dann jemals schaffen?!«, wies sie uns Teilnehmenden zurecht.

Auch die Frage, ob sie Chinesisch spreche, fiel das ein oder andere Mal. Ich fand ihre Art des Umgangs unmöglich und respektlos. Für mich war klar, dass ich lediglich die letzten Sitzungen des Kurses besuchen und mich dann wieder auf meine eigenen Erziehungsmethoden verlassen würde. Besonders litt ich darunter, Michael ständig im Polizeiton ansprechen zu müssen. Meine Erziehungsmethoden sind mit Sicherheit nicht kontinuierlich durchdacht, aber das große Maß an Liebe und Zuverlässigkeit, das ich Michael entgegenbringe, hat doch sicher dazu beigetragen, dass er so lieb und umgänglich ist. Sein Machogehabe lasse ich hier mal beiseite, denn ich bin mir dessen bewusst, dass es sich um einen auf meinen Wunsch hin unkastrierten Rüden handelt. Natürlich spreche ich Michael schärfer an, wenn es sein muss und ermahne ihn, wenn er mal wieder extra vergisst, dass er doch eigentlich bei Fuß gehen soll. Aber ich brülle ihn nie an. Und das war der große Fehler, den die Trainerin eines Tages beging.

Dank Michael hatte sie ihre Leidenschaft für die Klapperschellen entdeckt und so kam das Gerät zuzüglich ihrer lauten Stimme nun für jedes Vergehen auf dem Hundeplatz zum Einsatz.

In einer Übung setzten wir unsere Hunde ab und sollten uns einige Schritte von ihnen entfernen. Erst auf unser Kommando hin sollten die Vierbeiner nacheinander wieder ihren Weg zu uns Besitzern finden. Michael hatte sich an die Aufgabe schon gewöhnt und begann, sich zu langweilen. Ein Phänomen, dass ich schon oft an ihm festgestellt hatte. Er schaute sich um, ignorierte mein Zurufen doch bitte sitzenzubleiben und stand schließlich auf. Er wanderte unbeschwert umher und ich war gerade im Begriff ihn wieder abzusetzen, als die Trainerin herbeieilte und Michael mit der Klapperschelle bewarf. Dabei stampfte sie wütend auf den Boden und brüllte ihn an. Michael erschrak so sehr, dass er hinter mir Zuflucht suchte und fiepte. Ich schaute die Trainerin verblüfft an, welche mir wiederum einen stolzen Blick zuwarf. »Ihr Hund braucht eine harte Hand«, stellte sie trocken fest und wandte sich wieder den anderen Teilnehmern zu.

Diese schauten teils entrüstet, teils unangenehm berührt zur Trainerin herüber oder auf den Boden. Als ich mich zu Michael bückte und mich nach seinem Zustand erkundigen wollte, blaffte die Trainerin mich an. »Jetzt verhätscheln Sie doch nicht schon wieder ihren Hund, dann lernt er doch nur, dass er bei Ihnen mit allem durchkommt! Hören Sie mir irgendwann überhaupt mal zu?«

Ich schluckte und versuchte die Wut, die in mir hochstieg, gedanklich beiseite zu schieben. Einen kurzen Augenblick starrten die Trainerin und ich uns an, dann wandte sie sich ab und bat darum, die Übung noch einmal durchzuführen.

Michael hatte jetzt andere Pläne und die lauteten, schnellstmöglich eine einstweilige Verfügung einzuholen, damit die böse Trainerin sich ihm bloß nicht wieder näherte. Und so konnte ich Michael zwar absetzen, sobald ich mich aber entfernte, kam er mit eingezogener Rute im Eiltempo wieder zu mir gelaufen, ohne mein Kommando abzuwarten. Was sollte ich denn jetzt nur tun? Meinen Hund dafür bestrafen, dass er bei mir Schutz suchte? Das kam mir gar nicht in die Tüte! Also versuchte ich Michaels Ängste so gut es ging zu vertuschen, damit die Generalin alias Hundetrainerin nicht noch einmal auf uns aufmerksam wurde. Wurde sie aber natürlich doch und so zeigte sie mir entnervt auf, dass mein Hund mich anscheinend nicht für voll nehme und ich mir eine gute Ausrüstung an Hilfsmitteln zulegen sollte. Hätte sie mir einen Revolver auf die Liste gesetzt, es hätte mich nicht weiter gewundert. Ich war sehr gefrustet und weil ich der Meinung war, ich sei nicht die Einzige, die sich auf diesem Platz reflektieren müsse, setzte ich zum Gegenschlag an.

»Michael hat Angst vor Ihnen, weil sie ihn so angebrüllt haben. Er läuft nicht einfach weg und hört nicht auf mich, sondern er kommt zu mir, um Schutz zu suchen. Weder verhätschele ich meinen Hund, noch terrorisiere ich ihn mit weiteren Maßregelungen, die gar nicht notwendig sind. Und im Übrigen finde ich Ihre Art, Kritik zu äußern, sehr unhöflich!«, sprudelte es aus mir heraus.

Die Frau war geschockt und sagte erst einmal nichts. Die Teilnehmenden um uns herum, die nahe genug standen, um unserer Unterhaltung zu folgen, tauschten schockierte Blicke miteinander.

Meine Lebenserfahrung hat mir bereits oft genug vor Augen geführt, dass man mit der Wahrheit allein dasteht, auch wenn ein Großteil der Gruppe gleicher Meinung ist. Und so rechnete ich nicht mit Unterstützung, die auch wie erwartet ausblieb. Michael und ich mussten das nun zu zweit durchstehen.

Die Trainerin sammelte sich und teilte mir mit, dass der Hund keine Angst vor ihr habe, sondern es sich vielmehr um Respekt handele, den ich mir erst einmal erarbeiten müsse. Außerdem fragte sie mich, ob ich die Stunde vorzeitig beenden wolle.

Nein, das wollte ich nicht. So leicht wird man mich dann auch nicht los und so erklärte ich, dass ich die Stunde mit Michael an der Leine gerne fortführen wolle. Das wiederum ginge auch nicht, teilte mir die Trainerin mit. Entweder müssten alle Hunde an die Leine genommen werden oder alle müssten frei herumlaufen. Und damit verwies sie Michael und mich des Platzes.

Erhobenen Hauptes zog ich von Dannen. Einige Teilnehmende kicherten, andere gaben mitfühlende oder schockierte Geräusche von sich. Ich tobte innerlich, wollte mir aber nichts anmerken lassen. Ich ließ mir Zeit, Michael in seine Box zu verfrachten und versuchte, das Zittern in meinen Händen zu unterdrücken. Noch durfte ich keine Schwäche zeigen.

Als ich nach einer gefühlten Ewigkeit endlich im Auto saß und losfuhr, achtete ich darauf, den Parkplatz in einer gemäßigten Geschwindigkeit zu verlassen. Die Frau sollte nicht glauben, ich sei emotional angeschlagen! Dass die ersten Tränen bereits kullerten, konnte sie durch die Windschutzscheibe sicher nicht sehen.

Via Freisprechanlage versuchte ich aufgeregt meinem Mann zu erklären, was gerade geschehen war. Michael bellte so laut, dass mein Mann nur Bahnhof verstand. Wenn es eine Sache gibt, die unser Hund überhaupt nicht verkraftet, dann sind es Frauchen und Herrchen, die aus ihrem emotionalen Gleichgewicht geraten sind. Mein Mann bat darum, dass ich mich erst einmal beruhigte und das Auto nicht noch versehentlich in einen Graben setzte.

Die Fahrt kam mir unendlich lang vor. Zu Hause angekommen, fiel ich meinem Mann schluchzend in die Arme. Als ich imstande war, die Vorkommnisse zu erörtern, lachte mein Mann sich schlapp. Er fand meinen Abgang vom Platz urkomisch und bekam sich gar nicht mehr ein. Auch wenn ich es an diesem Abend nicht mehr schaffte, über den Vorfall zu lachen, konnte ich mich dennoch beruhigen. Aus Trotz bestellte ich mir im Internet ein Buch zum sensiblen und bindungsstärkenden Umgang mit dem Hund. Sollte die Trainerin mit ihrem Bootcamp-Gehabe und ich mit meiner Kuschelerziehung glücklich werden.

Als ich einige Wochen später mit Michael durch einen Wald spazierte, gesellte sich plötzlich ein kleiner Pudel zu uns, der Michael eifrig zum Spielen aufzufordern versuchte. Zu meinem Erstaunen ließ Michael sich darauf ein, rannte was das Zeug hielt und zog hasenartige Flanken in der Luft. Ich erfreute mich an dem Schauspiel und schaute mich nach einem dazugehörigen Menschen um. Ich konnte niemanden sehen und so fragte ich mich, ob der kleine Pudel etwa herrenlos durch den Wald spazierte. Die kleine Maus war so bezaubernd, dass ich mich innerlich schon entschloss ihr vorübergehend Obhut zu gewähren, sollte nicht gleich noch jemand auftauchen.

Da hetzte eine etwas untersetzte Frau mittleren Alters heran, völlig aus der Puste und sichtlich erleichtert, dass sie ihren kleinen Hund wiedergefunden hatte. Doch anstatt den Pudel jetzt zu maßregeln, brach sie in schallendes Gelächter aus, immer wieder unterbrochen durch das Ringen nach Luft. »Dieser Hund treibt mich noch in den Wahnsinn!«, prustete sie und wirkte dabei so sympathisch, dass ich sofort den Impuls verspürte, sie näher kennenzulernen.

Tatsächlich kamen wir ins Gespräch und erfreuten uns daran, dass unsere Hunde sich so gut verstanden. Aus dem wilden Spiel waren mittlerweile ein entspanntes Umherwandern und Schnuppern geworden und so setzten wir unseren Weg gemeinsam fort. »Frieda ist jetzt ein Jahr alt und verschwindet ständig. Aber ich kann ihr nie böse sein, denn sie möchte einfach etwas erleben und so nette Hundebekanntschaften machen, wie heute!«, erzählte die Frau, die sich als Nicole vorstellte, und deutete auf unsere Hunde.

Ich stimmte ihr zu und berichtete, dass wir diese Phase schon hinter uns hatten, ich aber auch das ein oder andere Mal durch die Parks und Wälder gerannt sei, um Michael von seinen Untaten abzuhalten.

Während unseres Geplauders kamen wir auf Erziehungstipps und Hundeschulen zu sprechen, woraufhin mir Nicole verriet, dass auch sie vergebens nach einer passenden Einrichtung gesucht habe.

»Ein paar Bekannte und ich haben daraufhin einfach einen eigenen Hundeclub gegründet!«, berichtete sie begeistert. Jeder dürfe freiwillig eine Stunde leiten. Man könne zum Beispiel ein Buch oder eine Internetseite vorstellen oder von seinen persönlichen Erfahrungen berichten. Wer Lust habe, könne die Übungseinheiten dann mit seinem Hund ausprobieren und sich Feedback von den anderen einholen. Und das Beste daran: der Club war auch noch kostenfrei. Ich brannte förmlich darauf zu fragen, ob ich mir den Club ansehen dürfe, als Nicole mich bereits fröhlich dazu einlud. »Ja, ich will!«, sagte ich lachend und so kam es, dass ich mittlerweile ein festes Mitglied im »Hundeclub der Freiwilligen« bin.

In unserer Runde findet stets ein interessierter und freundlicher Austausch statt und die Hunde amüsieren sich nicht nur prächtig, sondern lernen auch immer wieder etwas dazu. Jeder von uns darf seinen individuellen Erziehungsstil beibehalten, aber alle sind bereit, dem anderen zuzuhören und das eigene Verhalten zu reflektieren. Michael und ich haben seither eine noch engere Beziehung zueinander aufgebaut und sogar mein Mann, der sich in solchen Dingen gerne zurückhält, stößt immer öfter dazu. Manchmal setzt er sogar eine Aufgabe mit Michael um und freut sich riesig, wenn ihnen diese gelingt.

Ich bin bis heute so dankbar dafür, dass wir an dieser Runde teilhaben können und so nette Menschen kennenlernen durften. Manchmal muss man einfach ein bisschen Geduld mitbringen und den perfekten Zeitpunkt abpassen.

JEDEN TAG DER STAR

Eine Sache, auf die wir uns einließen, ohne zu wissen was uns auf einem solchen Event erwarten würde, war die Teilnahme an einer Hundeausstellung. Und nicht nur das. Wir nahmen in der Vergangenheit sogar an mehreren Ausstellungen teil, bei denen Michael von vorne bis hinten begutachtet und bewertet wurde. Im Idealfall trägt man wohlverdiente Gewinnerschleifen und Pokale nach Hause. Uns ist das auch ein Mal gelungen, aber ich hatte irgendwie den Eindruck, als sei Michael das ziemlich egal gewesen.

Ursprünglich verfolgten wir die Idee, mit Michael zu züchten, mussten aber feststellen, dass wir diesen Plan sehr nachlässig verfolgten. Es ist sehr schwierig Zuchtpartner zu finden, wenn der Hund nicht prämiert wurde und diverse Pokale im hoheitlichen Zuhause parkt. Wir zählen also nicht gerade zu den top Zuchtkandidaten unter den Kleinspitzliebhabern und haben, gelinde gesagt, kaum einen Wert auf dem Markt. Um diesen zu steigern, müssten wir regelmäßig Ausstellungen besuchen, doch genau darin liegt die Krux des Ganzen.

Eine der Ausstellungen ist mir besonders gut im Gedächtnis geblieben, denn Michael war nach dieser nicht mehr wiederzuerkennen.

Wir waren zum besagten Zeitpunkt sehr beschäftigt und hatten beinahe den Ausstellungstermin vergessen. Am Abend vor dem großen Tag fiel uns ein, dass wir am nächsten Morgen spätestens um neun Uhr am Ring stehen mussten, um unseren Einsatz nicht zu verpassen. Und so entschieden wir uns, extra früh anzureisen, um Michael noch kurz vor der Show ein wenig hübsch zu machen. Blöd nur, dass weder mein Mann noch ich Ahnung davon hatten, wie man einen Spitz standesgemäß frisiert. Wir hatten Michael noch nie ein Haar geschnitten, ausgenommen seiner Haarpracht an den kleinen Pfoten, die gefühlt alle fünf Minuten nachwächst. Dass Michaels Naturhaarschnitt nicht sonderlich showkonform sein würde, war uns durchaus bewusst. Zu gut, dass eine Frau auf uns aufmerksam wurde, die uns amüsiert dabei beobachtete, wie wir versuchten Michaels Haarpracht mit einer einzigen Bürste zu bändigen.

Die Frau stellte sich uns als professionelle Hundefriseurin vor und bot uns an, Michael ein ganz kleines bisschen in Form zu bringen. Wir stimmten zu und freuten uns über das nette Angebot.

Sie schnappte sich unseren Hund und setzte ihn auf den Frisiertisch. Damit begann das Fiasko. Sie gab unentwegt piepsige und schnalzende Geräusche von sich, womit sie eigentlich Michaels

Aufmerksamkeit erzielen und ihn zum Stillstand bewegen wollte. Michael aber dachte, die Frau sei sehr aufgeregt und wolle spielen, sodass er umher hopste und zuletzt gar nicht mehr wusste, wohin er denn nun springen sollte, um dem vermeintlichen Spieldrang der Frau zu entsprechen. »Der ist ja überhaupt nicht erzogen! Habt ihr den jemals ans Bürsten gewöhnt?«, entrüstete sich die Frau mir gegenüber.

»Doch«, entgegnete ich vorsichtig, »er denkt allerdings, dass Sie mit ihm spielen möchten, weil sie so aufmunternde Geräusche von sich geben.«

Ein verständnisloser Blick kreuzte den meinen.

»Ich mache das schon seit Jahren, aber so einen unerzogenen Hund hatte ich lange nicht dabei«, konterte sie sichtlich genervt.

»Dann hören Sie entweder auf, diese Pieps-Geräusche zu machen oder geben Sie mir meinen Hund zurück!«, sagte ich so unterkühlt ich konnte.

Sie reagierte nicht weiter darauf und schob sich zwischen Michael und mich. Trotzig schaute ich mich nach meinem Mann um, der es sich auf einem Campingstuhl bequem gemacht hatte und sich voll und ganz seinem Sandwich und ein paar Keksen widmete. Da er noch zufrieden wirkte und mehr Geduld in solchen Situationen mitbringt als ich, teilte ich ihm mit, dass ich das WC aufsuchen würde und er bitte ein Auge auf Michael und die Friseurin haben solle. Ich sagte ihm auch, er solle darauf achten, dass unter keinen

Umständen zu viel Fell abgeschnitten werden dürfe, woraufhin er mir ein aufmunterndes und bestätigendes Nicken zuwarf. Ich wandte mich der Situation ab und atmete erst einmal durch.

Bei meiner Rückkehr traute ich meinen Augen nicht. Was da neben meinem Mann stand, konnte unmöglich mein Hund sein. Das Herz rutschte mir in die Hose, als ich einen rund geschnittenen Teddybären vor mir sah. Man hätte einen Fußball neben Michael legen und nur noch anhand der Farben unterscheiden können, was der Sportgegenstand und wer der Hund war. Die Frau hatte bereits den nächsten Kandidaten auf dem Tisch, was in diesem Moment auch besser so war. Mein Mann schob mich, wohlwissend, dass ein Donnerwetter aufzukommen drohte, auf die andere Seite des Rings. Ich konnte Michael kaum ansehen, der völlig unschuldig dreinschaute und nicht verstand, warum Frauchen so traurig war. Er sah aus wie der Medienstar »Boo«. Für mich, eine Liebhaberin des Naturlooks Deutscher Spitze, war dies ein wahrgewordener Albtraum.

Mein Mann rückte mir den Campingstuhl zurecht, besorgte mir ein kühles Getränk und ein paar Snacks. Und weil ich tatsächlich hätte losheulen können, ging er sogar mit Michael in den Ring, um Michael vorzuführen. Dies war er mir auch schuldig, denn schließlich hatte er der Schnitttechniken der Hundefriseurin freien Lauf gelassen und seine Aufmerksamkeit voll und ganz auf das Sandwich gerichtet, auf das er sich schon während der Hinfahrt so gefreut hatte.

Nach einigen Wochen hatten wir unseren »Naturhaar-Michael« zurück, obgleich das wilde Haar hinter seinen Öhrchen nie wieder derart nachgewachsen ist.

Viele Menschen, die einen reinrassigen Hund besitzen, haben schon einmal eine Hundeshow besucht. Andere haben vielleicht schon einmal eine Hundemesse besucht, auf welcher Hallen für Ausstellungen eröffnet waren und in die man neugierige Blicke werfen konnte. Für alle übrigen möchte ich gerne erklären, wie ich die Shows wahrnahm und erlebte. Ich glaube, es scheiden sich gehörig die Geister, was Ausstellungen betrifft – die einen lieben sie, die anderen finden nicht schnell genug den Weg zum Ausgang. Ich gehöre sicher der Gruppe letzterer an.

Im Grunde war ich mir schon immer im Vorhinein darüber im Klaren, dass ich nicht besonders gut in das Format dieser Shows passte. Ich mag keine überfüllten und lauten und Hallen, denn ich kann diese Reize kaum auszublenden. Das anhaltende Hundebellen auf Ausstellungen trägt dementsprechend wenig zu meinem Wohlbefinden bei. Das ist vor allem dann schlecht, wenn man einen Hund hat, der bei Stress besonders gerne und ausdauernd bellt. »Michael außer Rand und Band«, könnte der Titel unserer Ausflüge in die Ausstellungshallen lauten.

Unsere Teilnahmen an Ausstellungen endeten immer in einer missgelaunten und gestressten Stimmung. Nach insgesamt vier Teilnahmen haben wir den Shows vollständig abgeschworen, da wir keinen Vorteil mehr darin sahen, Michael vorzuführen.

Jedes Mal, wenn wir den Ausstellungsort erreichten, verspürte ich das unweigerliche Bedürfnis, auf dem Absatz kehrt zu machen. Hunde bellten, Menschen eilten umher und der Geruch war gewöhnungsbedürftig. Es war warm und laut.

Auch an Michael ging die Reizüberflutung nie vorbei. Der orientierte sich an Herrchen und Frauchen und dass die sich nicht wohl fühlten, spürte er natürlich sofort.

Michael schafft es, über Stunden hinweg zu schreien, wenn ihm etwas nicht gefällt und sein Stresspegel in die Höhe schießt. Und so nahmen die Dinge ihren Lauf - auf allen Shows.

Ich erkannte meinen Hund nicht mehr wieder, eine wahre Tortur für Leib und Seele. Er schrie und jaulte, war hektisch und unsicher. Das wiederum führte nicht dazu, dass ich mich sonderlich entspannte. Und so schloss sich der Kreis oder in diesem Fall der Teufelskreis. Michael kreischte, ich meckerte und mein Mann stellte auf Durchzug.

Parallel nutzte ich die Gelegenheit, die Blicke der anderen Besucher auszublenden, die uns derweil schon genervt ansahen und teils zu lästern begannen. Ein Pärchen sprach uns sogar an und fragte, ob wir den Platz wechseln und uns weiter entfernt niederlassen könnten. Als auch noch eine Richterin sich die Ohren erschrocken zuhielt, da Michael in seinen schrillsten Tönen protestierte, stellte ich mir die Frage, was wir da überhaupt machten. Es sollte stets ein Ziel sein, sich selbst und seinem Vierbeiner ein schönes und entspanntes Dasein zu gönnen. Auf diesen Shows kamen wir dieser erstrebenswerten Absicht allerdings nicht sehr nahe. Und so versuchte ich mir einzubilden, dass die Leute neidisch auf unseren Michael seien, da er einen hübschen Konkurrenten im Ring abgeben würde und uns nicht derartig entnervt ansahen, weil Michael seinen Missmut auf ohrenbetäubende Art mitteilte. Das half mir ein wenig, machte die Tatsache, dass wir der Schreck der Ausstellung waren, aber nur geringfügig besser.

Von vier Horrorerfahrungen, unter welchen mir definitiv Michaels fragwürdiger Haarschnitt in lebhafter Erinnerung geblieben ist, hat sich mir ein weiterer Ausstellungsbesuch ebenfalls besonders eingeprägt.

Nach den üblichen Orientierungsschwierigkeiten sichteten wir den Ort des Geschehens, sprich dem sogenannten Ring, in dem Michael sich präsentieren sollte. Wir suchten uns eine kleine Ecke, in der wir ihn für seinen großen Auftritt schick machen konnten. Michael war in seiner kleinen Tragetasche angereist, die vom vielen Zugfahren schon sehr gebraucht wirkte. Ich möchte behaupten, dass wir die mit Abstand schlechteste Ausrüstung unter den Teilnehmenden besaßen. Kurz vor unserem Einsatz nahmen wir Michael aus seiner Tasche und bürsteten ihn, wie auch an den anderen Auftritten, mit der einzigen Bürste, die wir besaßen – die alte, aber zuverlässige Bürste meines ehemaligen Katers. Kurz das Haar gerichtet, befanden wir Michael für modeltauglich und warteten. Und warteten. Und warteten.

Lektion Nummer Eins einer Hundeshow lautet: Bringe Geduld, gute Snacks und nochmals Geduld mit. Ein solcher Tag kann sich arg in die Länge ziehen, insbesondere dann, wenn man nur bedingtes Interesse für Hundeausstellungen mitbringt. Hätten wir bereits bei unserer ersten Show gewusst, was auf uns zukommt, hätten wir direkt unsere bequemen Campingstühle mitgeschleppt.

Wir blickten umher und betrachteten die Menschen mit ihren Hunden um uns herum. Ganze Dörfer hatten sie errichtet. Die Hunde saßen in extra für sie aufgebauten Ausläufen, manche sogar in einer Art Kinderwagen für Hunde. Die Menschen bildeten ein Lager um ihre geliebten Vierbeiner, aßen Kuchen, quatschten fröhlich und bejubelten zwischendurch ihre Freunde, die bereits ihren großen Auftritt hatten. Jeder, der etwas auf sich gab, besaß einen Frisiertisch. Das Equipment wurde stolz zur Schau gestellt. Riesige Etuis mit zig Scheren, Haargummis, Haarspray für Hunde, Glanzspray, Schaumfestiger und allem, was ein guter Friseur braucht. Manche

Menschen frisierten ihre Hunde fachmännisch in Rekordzeit. Schnippschnapp, Haare ab. Ich beobachtete die Frisiertechniken und stellte fest, dass mir die natürliche Haarpracht viel besser gefiel. Die Ruten der Kleinspitze wurden stark aufgebauscht und danach auf den Rücken gebürstet. Folglich lagen sie sehr flach an und verschwanden optisch irgendwo auf dem Weg in Richtung Kopf. In meinen Augen sah das sehr absurd aus und ich entschied mich, Michael auf diese Weise nicht zu stylen.

Dann war es soweit. Michaels Nummer wurde neben einer weiteren Nummer aufgerufen. Ich reihte mich mutig zwischen die Profis und bekam erste Panik, da ich mir sicher war, Michael würde fortlaufend schreien, denn wie bereits betont, teilte er seine Abscheu gegen die Hektik der Hundeshows sehr unmissverständlich mit. Aber plötzlich herrschte Stille. Michael war ruhig und konzentriert. Und pinkelte mir, dem Stressabbau sei Dank, auf den Schuh.

Na super! Ich lief hoch rot an, versuchte mir aber nichts anmerken zu lassen. Mein Mann, der vom Rand aus zusah und uns anfeuerte, brach in schallendes Gelächter aus.

Michael und ich liefen einige Runden im Kreis und mussten dann wieder warten. Als wir erneut aufgerufen wurden, durfte Michael sich einer genaueren Begutachtung des Richters unterziehen. Einige Male liefen wir hin und her, dann saß Michael auf einem kleinen Tisch und der Richter überprüfte im Direktkontakt, ob an ihm alles dran war, was an einem kleinen Mann dran zu sein hatte. Er staunte nicht schlecht, als Michael sich über die Kontaktaufnahme freute und wiederum den Richter neugierig begutachtete. Er sprang ihm mit seinen Vorderpfoten an die Brust und begann damit, dem Mann intensiv im Gesicht zu schnuppern. Für nett befunden, erhielt der Richter einen Hundekuss und ein heftiges Wedeln mit der Rute.

Der Richter kam ins Grübeln und schickte uns nachdenklich an den Rand des Ringes zurück, wo auch schon die andere Hundebesitzerin wartete, gegen die wir antraten.

Nach einigen Augenblicken kam der Richter auf uns zu und teilte mit, dass er Schwierigkeiten habe, eine Entscheidung zu fällen. So mussten wir uns noch einen Moment gedulden und ich sah, dass die Konkurrentin fast in Tränen ausbrach. Sie wechselte hektische Blicke mit ihrem Begleiter, der vom Rand aus zuschaute und etwas irritiert dreinblickte. Ihrem Hund schien das alles egal zu sein, aber für die Frau brach fast eine Welt zusammen.

Später sah ich, dass die Dame mit etwa zehn Hunden angereist war. Im Rahmen ihres Profi-Hobbys war sie es vermutlich nicht gewohnt, gegen ein Amateurteam zu verlieren. Irgendwie tat sie mir in dem Moment leid, obwohl ich dennoch auf den Sieg hoffte.

Nach einigen Minuten des Wartens eilte der Richter zu uns herüber und gratulierte der Dame zum Sieg. Michael und ich gingen leer aus und so verließ ich etwas geknickt den Ring. Kaum hatte ich meinen Mann erreicht, hielt mich jemand am Arm zurück. Etwas erschrocken drehte ich mich um und blickte zu meinem Überraschen in das Gesicht des Richters. Er erklärte sehr zügig: »Sie müssen verstehen, dass ich Ihren Hund sehr gut finde. Er ist sogar der schönste Hund mit dem schönsten Kopf, den ich das gesamte Wochenende gesehen habe. Aber leider haben Sie sein Haarkleid im hinteren Teil nicht ausreichend aufgebürstet. Es fällt vor den Hinterläufen ein und sieht sehr weich aus. Im Vergleich zum Konkurrenten wirkte es nicht voll genug. Bürsten Sie beim nächsten Mal kräftiger und Sie haben eine Chance, die Konkurrenz aus dem Weg zu räumen.«

Mich traf der Schlag. Bevor ich antworten konnte, rauschte der Richter wieder in den Ring, wo die nächsten Kandidaten schon bereitstanden. Das konnte er doch nicht etwa ernst meinen?! Es traf uns wie ein Schlag. Der Richter meinte es sicherlich gut mit uns und dafür war ich ihm dankbar. Aber es gab mir schon sehr zu denken, dass der Hund anscheinend nicht nach seinem tatsächlichen Körperbau, Haarkleid und Wesen beurteilt wurde, als vielmehr nach der Menge des Schaumfestigers, der das Haar zum Stehen bringen sollte.

Für mich war das schlicht und ergreifend die Beurteilung einer Mogelpackung.

Ich war schlecht gestimmt und schimpfte vor mich hin, als wir dabei waren, unsere Sachen zu packen. Da sprach mich plötzlich eine Frau an und erkundigte sich neugierig nach dem Urteil des Richters. Es sei schon ungewöhnlich, dass die Entscheidung so lange dauere und deshalb frage sie einfach mal nach. Ich erklärte ihr, dass wir Michael anscheinend nicht ausreichend aufgebürstet hätten, woraufhin sie hellauf begeistert von einem guten Bekannten berichtete, der sich irgendwo in der Nähe aufhalten würde und viel Ahnung vom Frisieren habe. Schon eilte sie davon, um den Mann zu suchen.

Neugierig warteten mein Mann und ich auf die Rückkehr der beiden, was auch nicht lange auf sich warten ließ. Wen sie im Schlepptau hatte, überraschte mich jedoch. Es war der Begleiter der Frau, gegen welche Michael und ich uns am heutigen Tage ein Duell im Ring geliefert hatten.

Der Mann strahlte voller Eifer und krallte sich Michael umgehend. Mit seiner dominanten Art ließ er es sich nicht nehmen, eine Frau in der Nähe von ihrem eigenen Frisiertisch zu vertreiben, um Michael auf diesem abzusetzen. Fachmännisch betrachtete er unseren Hund. Er schaute ins Maul, drückte hier und dort, fuhr mit der Hand über den Rücken. »Euer Hund ist in Ordnung«, stellte er trocken fest.

Dann fuhr er fort: »Aber er ist nichts im Vergleich zu meinen eigenen Rüden.«

Er zückte sein Mobiltelefon, um uns Fotos seiner Vierbeiner zu präsentieren. Und man darf es mir glauben, wenn ich sage, dass er damit auch nicht wieder aufhören wollte. Nach gefühlten fünfzig Bildern griff ich mir Michael und versuchte, mich irgendwie aus der Affäre zu ziehen. Erst ein Schritt und dann einen weiteren. Ich hatte schon fast den Fluchtradius erreicht, als der Mann plötzlich innehielt. Erst jetzt begriff er, dass ich mich von ihm entfernen wollte. Ich sah mich um und war verzweifelt - denn was ich nicht sah, war mein Mann. Der hat immer ein gutes Händchen dafür, schnell das Weite zu suchen und sich Gesprächen zu entziehen, die aus seiner Sicht uninteressant sind.

»Warte mal«, blaffte der Mann mich an, »ich zeige dir, wie man diesen Schaum verwendet, mit dem man ein bisschen tricksen kann!«

Er zückte eine Flasche Schaumfestiger, die er aus seiner Tasche hervorholte und war im Begriff, Michael eine Packung Schaum zu verpassen. Das ging mir nun aber zu weit. »Halt!«, sagte ich laut und drehte mich mit Michael von ihm weg.

»Ich möchte nicht, dass mein Hund so etwas aufgetragen bekommt.«

Der Mann hielt inne und schaute mich erstaunt an. »Na gut«, sagte er schließlich, »dann zeige ich dir an meinem Hund, dass es gar nicht weh tut.«

Die Bekannte des Mannes, die während des Gesprächs aufmerksam neben uns gestanden und zugehört hatte, eilte wie aufs Stichwort erneut von Dannen und im nächsten Moment auch schon wieder herbei. Dieses Mal in Begleitung eines aufgeplusterten kleinen Spitzes.

Pfffffffffffffff, gab die Dose von sich, als sich der Schaum auf dem Hundehaar verteilte. Der Mann massierte die Mousse ein, wartete einen Moment, bis diese leicht zu trocknen begann und bürstete entgegen des Fellwuchses. Der Hund und ich tauschten Blicke aus, die ich am liebsten gefilmt hätte. Begeisterung sieht auf jeden Fall anders aus. »Siehst du? Mit Schaum hält´s gleich viel besser!«, freute der Mann sich über das Resultat seiner Frisiertechnik.

Ich möchte gar nicht verurteilen, dass Menschen das Vorführen ihrer Vierbeiner zum Hobby haben. Und auch der Schaumfestiger wird den Tieren kein Leid zutragen. Aber bei Gott, könnte ich nicht mehr als ein Wochenende im Jahr auf diesen Shows verbringen. Während Michael, mein Mann und ich die Wälder und Wiesen in der Gegend unsicher machen und die Anstrengungen der Woche hinter uns lassen, verbringen die Ausstellungshunde mehrere Stunden in ihren Boxen, werden frisiert und von Fremden angefasst. Dazu kommen eine lange Anfahrt und der Stress der Ausstellungshallen. Letztendlich ist es doch so, dass unsere Hunde für uns immer die schönsten und tollsten Geschöpfe sind. Wer das besondere Band mit seinem Hund eingegangen ist, braucht zur Bestätigung keinen Pokal, keine Schleifen und keine Zertifikate. Michael ist auch ohne all das jeden Tag mein Star.